시 탐정 사무소 ②

이락 추리소설

← 울음은 금이 될 것이다

시 탐정 사무소 ②

이락 추리소설

안녕로빈

차례

사례 1.

최근 가수 김동률의 「사랑한다 말해도」를 들었다. 세상에, 첫 구절부터 가슴을 파고든다.

난 네 앞에 서 있어
너는 생각에 또 잠겨 있네
함께 있어 더 외로운 나
어쩌다 이렇게

와, '함께 있어 더 외로운 나'란다. 김동률 이 양반은 뭔 놈의 가사를 이렇게 공감되게 쓰나. 이건 완전 20년 전 내 얘기 아닌가. 어쩌면 18년 전? 아니, 16년 전인가? 왜 이런 노래를 불러서 기억에도 가물가물한 과거를 다시 떠오르게 만드나. 왜 가만있는 사람을 아프게 하나. 대체 내게 왜 이러는 건가.

여기까지 읽은 여러분은 대강 이런 물음을 가졌을 것이다.

"그때 무슨 일이 있었기에 그러는 거야?"

이 처연한 가사를 잘 알고 있는 독자라면 이것보다 좀 더 구체적인 질문을 할 수도 있을 것이다, 이렇게.

"당신, 대체 20년 전 혹은 18년 아니면 16년 전, 대체 어떻게 '차인' 거요?"

사례 2.

A라는 사람이 윤동주의 「쉽게 씌어진 시」를 읽고 "이건 완전 내 얘기다."라는 반응을 보인다. 이 반응을 들은 B, C, D는 시의 내용을 살펴보고 나서 A가 어떤 삶을 살았는지 궁금해하고, 추측하고, 공감한다.

여러분이 지금 읽고 있는 이 책 속 세계에서는 '사례 2'와 같은 일이 벌어진다. 한 의뢰인이 시 속에 담긴 사연을 추리해 달라며 탐정 사무소를 찾아온다. 그러면 시 탐정 설록이 시에 담긴 사연을 읽어 내고 답을 내어 준다. 단지 '사례 1'의

'노래'를 '사례 2'에서는 '시'로 바꾸었을 뿐인데 급격하게 비현실적인 세계가 되어 버린 것만 같다. "요즘 누가 시를 읽고 그런답니까?" 하는 반응이 들리는 것도 같고.

『시 탐정 사무소』를 처음 세상에 내놨을 때 가장 우려했던 게 이거였다. 독자들이 황당하다면 황당하달 수도 있는 이 세계관에 아무도 공감하지 못하면 어쩌나 하는 걱정! 하지만 감사하게도 많은 독자가 소설적 설정을 흔쾌히 받아들여 주었다. 심지어 다음 이야기를 기대한다는 반응도 꽤 있었다. 설록과 완승의 두 번째 이야기가 세상에 나올 수 있던 건 모두 독자들의 성원 덕분이다. 이 단순하지만 낭만적이고 비현실적이지만 운치 있는 세계 속에서 펼쳐지는 이야기에 공감해 준 모든 분들께 이 자리를 빌려 감사의 말씀을 전한다.

두 번째 책이 나오기까지 응원과 격려를 아끼지 않은 대표님과 편집자님. 더불어 내 모든 글의 첫 번째 독자가 되어 주는 아내와 아빠 책이 나오면 여기저기 소문내기 바쁜 우리

동네 꼬마 마케터 딸에게도 감사의 인사를 전한다. 모두 사랑합니다.

특별히 인사를 해야 할 사람이 있다. 셜록과 완승이라는 등장인물의 이름에서 눈치챘겠지만, 이 이야기 속 설정의 일정 부분은 코난 도일 경께 빚을 지고 있다. 감사…… 참, 영국분이니까, Thank you very much, Sir.

마지막으로 덧붙여 드리는 말씀. 혹시나 이 책에 나오는 시 중 마음에 드는 작품이 있다면 시집을 구해 읽어 보는 걸 권한다. 도서관에서 찾아도 좋고 서점에서 구입해 보면 더 좋겠다. 그러면 이 땅에서 살아가는 재능 있는 시인들이 조금 더 힘을 내어 펜을 쥘 수 있을 테니까.

늘 즐거우시길,

이락

일러두기

1. 수록된 시는 해당 작품이 수록된 시집이나 전집을 원본으로 삼아 원문을 살려 싣는 것을 원칙으로 하였습니다.

2. 표기는 원문에 따르는 것을 원칙으로 하되 맞춤법과 띄어쓰기의 경우, 최대한 현행 표기법에 따랐습니다.

1화.

명태

「북어」, 최승호

명태

문상이 사무소의 문을 두드린 건 일주일 전이었다. 통이 큰 짙은 청바지와 깔끔한 스니커즈, 빈티지 재킷의 조화가 멋스러웠다. 반듯한 헤어스타일과 날카로운 눈빛 때문에 일면 냉정해 보이는 측면이 있었지만, 모나지 않은 뿔테 안경 때문인지, 동글동글한 체형 때문인지 선한 인상을 풍기는 남성이었다.

"기자님께서 여기는 어쩐 일이신지?"

선생님의 물음에 문상은 깜짝 놀란 듯 눈을 동그랗게 뜨며 자신이 기자인 걸 어떻게 알았냐고 되물었다.

선생님이 미소를 지었다.

"그거야 간단한 일입니다. 신고 있으신 스니커즈는 밑창이 지나치게 닳아 있습니다. 깔끔한 갑피에 비하면 말이죠. 신발을 구입한 지 얼마 되지 않았는데도 밑창이 그 정도라면 여기저기 가야 할 곳이 많은 직업이라고 생각했지요. 약간 구부정한 자세나 거북목은 책상에 오래 앉아 일하는, 그러니까 컴퓨터로 일하는 직종일 가능성이 크다는 뜻이 아니겠습니까. 서로 상충하는 두 특징을 모두 지닌 직종 중 가장 쉽게 떠올릴 수 있는 직업이 기자입니다. 오른쪽 재킷 속 불룩한 포켓에는, 펜이 두어 개 같이 꽂혀 있는 걸로 봐서 휴대전화는 아닐 테고, 혹시 기자 수첩이 아닌지요? 두께도 그 정도로 보이고요."

"과연 명탐정이십니다. 이거 놀랍군요."

"아닙니다. 간단한 일이지요."

문상의 반응에 만족스러운 미소를 머금은 채 선생님이 응접실로 자리를 안내했다. 내가 마침 막 추출한 커피를 내놓자, 자기는 하루에 커피 서너 잔을 마시는 커피광인데 이런 좋은 커피는 처음 먹는다며 문상은 연신 감탄했다. 리액션이 좋은 사람이네. 그의 적극적인 반응 덕에 훈훈한 분위기에서 의뢰에 관한 대화를 시작할 수 있었다.

"제가 찾아온 건 제 선배 때문입니다."

문상과 같은 현실일보에서 일했던 오연철은 문상의 대학 선배로 본래 문화부 기자였다고 했다. 그런데 갑자기 본사 산하 인터넷 신문사로 발령을 받는 통에 18년 차 문화부 기자가 졸지에 인터넷 신문사 초임 기자가 되어 버리는 일이 생겼다.

“처음에는 선배가 무슨 사고를 친 줄 알았죠. 뭐, 어디 가서 사고 칠 사람은 아니긴 한데, 이쪽 일 하다 보면 ‘이 사람은 어떻다.’ 하고 단정 짓는 게 의미가 없더라고요. 그래서 내가 모르는 뭔가가 있나 보다 했어요.”

“사고를 치면 인터넷 신문사로 발령을 내는 경우가 있나 보군요?”

내 물음에 문상은 현실일보 인터넷 신문사는 취재보다는 주로 다른 기사를 인용, 발췌하거나 연합뉴스 기사를 그대로 가져온다고 했다. 인쇄 신문 매출이 급감되자, 클릭을 유도해 조회 수를 높이는 것으로 하락한 수익을 만회하려는 시도도 서슴지 않는다고. 그러다 보니 그런 일에 익숙하지 않은 중견 기자 대부분은 얼마 못 버티고 옷을 벗는다고 했다. 오연철 역시 같은 길을 걸었다.

“선배가 특종을 많이 했거든요. 예전부터 집요한 면이 있었어요. 대학 신문사에서 일할 때는 대학 직원 채용 비리를 파헤쳐서 총장을 사퇴시켰었죠. 평생 취재에 목숨을 걸었던 양반이 남의 기사나 긁어다 붙이고 있었으니, 참아 내기 힘들었겠다는 생각은 들어요. 기자로서 자괴감 비슷한 걸 느끼지 않았을까요? 제가 궁금한 건 선배가 대체 어떤 사고를 쳤기에

잘나가던 문화부 기자를 갑자기 그곳으로 발령을 냈는가 하는 거예요."

얘기를 듣던 선생님이 손을 비비며 말했다.

"그렇다면 의뢰하시는 건 오연철 기자님이 어떤 연유로 인터넷 신문사로 발령이 나게 되었는가…… 인 겁니까?"

"네, 맞습니다."

"그런 건 본인에게 물어보시는 편이 훨씬 빠를 텐데요."

문상이 한숨을 크게 한 번 쉬더니 곤란한 표정을 지었다.

"물어봤더랬죠. 하지만 도무지 말을 하지 않습니다. 회사를 관두고는 늘 술에 절어 있으니, 제대로 된 대화를 할 기회도 없고요. 여태 결혼도 안 해 챙겨 줄 가족도 없는데, 이러다 알코올 의존자가 되거나 아니면 더 심한 일을 당할지도 모른다고 생각하니……."

"걱정이 많으시겠군요."

"네, 제게는 각별한 선배거든요. 엄혹했던 기자 준비생 시절을 이겨 낼 수 있었던 건 다 선배 덕분입니다. 가끔 밥도 사주고 공부도 챙겨 봐줬죠. 그렇게 듬직했던 형이었는데 일을 관두고 저렇게 망가지는 걸 보고 있자니 마음이 영 착잡합니다."

깍지를 낀 채 양손 엄지를 문지르며 문상의 말을 듣고 있던 선생님이 말했다.

"문 기자님, 아시다시피 저는 시 탐정입니다. 사건을 해결하기 위해서는 의뢰하신 사건과 관련된 시 작품이 필요하죠. 오 기자님이 평소에 좋아하던 작품이건 시인이건 시와 관련된 어떤 정보라도 좋습니다."

"네, 그렇지 않아도 그걸 찾아보려고 했는데 쉽지 않았습니다. 선배가 국문과 출신이라 좋아하는 시가 워낙 많았습니다. 단서가 될 만한 작품을 찾았다면 좋았을 텐데."

시를 단서로 사건을 해결하는 시 탐정으로서 이런 의뢰는 가장 까다로운 축에 속했다. 대개 좋아하는 시나 시인이 한정되어 있기에 단서의 범위를 좁혀 나가는 게 어렵지 않았지만, 시를 많이 읽는 사람에 대한 사건 의뢰는 사정이 달랐다. 이런 경우에는 단서가 될 시의 범위가 넓어서 특정한 시와 사건 사이의 관련성이 입증되기 전까지는 천하의 셜록 탐정이라 해도 애를 먹을 수밖에 없었다. 최근에 일어난 최민우 시인이나 박명호 문학 평론가의 사건이 미결로 남은 이유도 그 때문이었다.

그때, 문상이 다시 입을 열었다.

"이 말이 도움이 될지는 모르겠는데……."

미간을 잔뜩 찌푸리며 관자놀이를 매만지고 있던 선생님

이 문상 쪽으로 몸을 기울였다.

"선배가 이상한 말을 한 적이 있습니다. 한 달 전쯤인가? 선배와 선술집에 갔습니다. 곧 쓰러질 것 같은 허름한 가게인데, 선배의 오랜 단골집이라 저도 잘 아는 곳이죠. 선배가 인터넷 신문사에 발령 났다는 걸 저한테 말한 곳도, 그만둔 걸 얘기한 곳도 거깁니다. 회사를 그만두고 나서 저녁은 대부분 그 술집에서 해결한다고 들었습니다. 그러고는 술에 절어서 나오고요. 선배를 만난 그날도 약속 시간보다 먼저 도착해서 혼자 소주를 마시고 있더라고요. 왜 혼자 그러고 있냐 물으니까 불쾌한 얼굴로 다짜고짜 이러더라고요. 너도 북어냐?"

"북어요?"

생각지도 못했던 엉뚱한 단어의 등장에 놀라서 내가 눈을 동그랗게 뜨며 되물었다. 선생님은 흥미로워하는 표정을 지으며 문상의 말에 귀를 기울였다. 선생님의 구미를 당긴 것이 틀림없었다.

"네, 북어요. 먹태 대가리를 손가락으로 딱딱 치면서 '너도 북어냐?' 하더군요."

"다른 말은 없었습니까?"

"그 말만 계속 반복했습니다. 좀 취했었거든요."

"이후에는 그와 관련된 이야기를 한 적은 없고요?"

"네."

"그날 오 기자님과는 무슨 용건으로 만나신 겁니까?"

"뭐, 오 선배랑은 특별한 용무가 없어도 봅니다만, 그날은 선배가 먼저 만나자고 했었죠. 무슨 일이냐니까 얼굴 보고 얘기하자더니 북어 얘기만 주야장천 반복하고는 끝나 버렸어요. 그 이후로는 특별히 말은 하지 않더라고요."

"어쩌면……."

선생님이 미소를 지었다.

"쉽게 문제가 풀릴지도 모르겠군요."

"무슨 말씀인지요?"

문상이 의아한 듯 물었다.

"일단 만나 봐야겠습니다, 오 기자님을."

문상이 말했던 선술집은 통문시장 서쪽 귀퉁이 골목에 있는 허름한 가게였다. 짝이 맞지 않는 의자가 놓인 낡은 테이블 다섯 개가 적당한 간격을 두고 있었고, 벽에 걸린 조그마한 텔레비전에는 지역의 맛집 정보를 전하는 프로그램이 방영되고 있었다. 저녁 시간임에도 손님이 한 테이블밖에 없는 걸 보니, 적어도 이 집은 저 티브이 프로그램에 소개되지는 않았겠다는 생각이 들었다.

가게의 유일한 손님은 입구에서 가장 먼 쪽 테이블에 출입구와는 등을 지고 혼자 앉아 있는 남자였다. 약간 구부정한 자세로 기본 찬을 안주 삼아 소주를 입에 털어 넣고 있었는데, 테이블 위 소주병에 남은 소주량으로 봐서 이미 반병은 족히 마신 듯 보였다.

우리는 천천히 그가 앉은 테이블로 다가갔다.

“오 기자님?”

소주잔에 소주를 따르다 말고 남자가 고개를 들었다. 푸석한 피부에 눈그늘이 심하게 드리워져 있었다.

“저를 아십니까?”

선생님이 건넨 명함을 살펴본 오 기자가 선생님을 한 번 올려다보고는 옆에 빈 의자를 가리켰다. 낡은 등산 재킷의 오른쪽 주머니가 작은 수첩만 한 두께로 불룩 솟아 있었다.

“설록 탐정님을 이렇게 뵙게 될 줄은 몰랐네요.”

“저를 아신다니 영광입니다.”

“알다마다요. 저 이래 봬도 대학에서 시 공부했던 몸입니다. 시를 다루는 탐정님을 모를 리가 있나요. 한잔하시죠.”

오 기자가 테이블 위에 엎어 놓은 소주잔을 집어 선생님 앞에 놓고 소주를 따르려 하자, 선생님이 고개를 저었다.

“아닙니다. 일 때문에 온 거라서.”

"일? 무슨 일 말씀이죠?"

"문상 기자에게 의뢰를 받았습니다. 오 기자님이 여기에 계실 거라고 하더군요."

오 기자가 의아한 눈초리로 우리를 바라보았다.

"상이가 의뢰를요? 무슨 일로……."

"걱정이 많으신 거 같더군요. 존경하는 선배가 망가지는 모습 때문에."

오 기자가 "망가졌다라."라고 중얼거리며 피식 웃었다. 자조 섞인 쓴웃음이었다.

"뭐, 술 마실 거 아니면 볼일 보시죠. 드릴 말씀도 없는데."

그러고는 소주를 입에 털어 넣었다.

냉소적인 오 기자의 태도에 대화가 끊어졌다. 작은 공간에 감도는 불편한 기운을 이기지 못한 내가 미리 준비해 온 시집을 테이블 위에 올렸다.

"시를 공부하셨으니 이 시집, 아시겠지요?"

그러나 오 기자는 우리 쪽으로 눈길을 주지 않은 채 시큰둥했다. 문상의 의뢰로 찾아왔다는 말이 오 기자의 심기를 건드렸고, 그것이 우리를 대하는 그의 태도가 변한 이유임이 틀림없었다.

"『대설주의보』입니다, 최승호 시인의."

내 말에 오연철 기자가 힐끔 시집을 쳐다보았다. '최승호' 시인의 이름에 반응할 것이라는 선생님의 예측이 맞았다. 이어 선생님이 말했다.

"낭독 어떠십니까?"

"지금 무슨……."

오 기자가 어이없다는 표정으로 쏘아붙였다.

"뜬금없이 찾아와서 의뢰라는 둥 낭독이라는 둥 뭐 하자는 겁니까?"

"이 친구 시 낭독은 아주 수준급이지요. 술 마시면서 듣기에 웬만한 음악보다 나을 겁니다. 저 티브이 프로그램과는 비교할 수도 없고요. 게다가……."

선생님이 마침 안주로 나온 먹태를 가리켰다.

"저도 '북어'를 좋아하거든요."

'북어'라는 말에 움찔한 오 기자가 결국 마음대로 하라는 식으로 손을 휘휘 저었다.

나는 선생님의 고갯짓을 신호로 천천히, 최대한 감정을 절제한 채로 시를 읽어 나갔다.

북어

최승호

밤의 식료품 가게
케케묵은 먼지 속에
죽어서 하루 더 손때 묻고
터무니없이 하루 더 기다리는
북어들,
북어들의 일 개 분대가
나란히 꼬챙이에 꿰어져 있었다.
나는 죽음이 꿰뚫은 대가리를 말한 셈이다.
한 쾌의 혀가
자갈처럼 죄다 딱딱했다.
나는 말의 변비증을 앓는 사람들과
무덤 속의 벙어리를 말한 셈이다.
말라붙고 짜부라진 눈,
북어들의 빳빳한 지느러미.
막대기 같은 생각
빛나지 않는 막대기 같은 사람들이

가슴에 싱싱한 지느러미를 달고
헤엄쳐 갈 데 없는 사람들이
불쌍하다고 생각하는 순간,
느닷없이
북어들이 커다랗게 입을 벌리고
거봐, 너도 북어지 너도 북어지 너도 북어지
귀가 먹먹하도록 부르짖고 있었다.

"부드러웠을 겁니다."

선생님이 손가락으로 먹태 주둥이 쪽을 가리켰다.

"이렇게 '말라붙고 짜부라'져 딱딱해지기 전까지는."

오 기자가 가만히 지켜보고 있었다. 선생님이 이번에는 먹태 대가리 쪽을 들고 말했다.

"'말의 변비증', '무덤 속의 벙어리' 이건 모두 말과 관련되어 있지요. 기자님의 사정과 유사합니다. 말해야 할 것이 있으나 말하지 못하죠. 변비이거나 죽음이라거나 혹은!"

선생님이 먹태를 접시 위에 다시 놓고는 손을 털었다.

"회사의 외압 때문이라거나."

오 기자는 먹태 대가리를 가만히 바라보며 오른손 엄지와 검지 끝마디를 비볐다.

“오 기자님께서는 투철한 기자 정신으로 무장한 분이라 들었습니다. 하지만 어떠한 이유에서인지 현실일보로부터 배척을 당했지요. 저로서는 정확한 이유를 알 수 없었으나 이 작품을 통해 추리한 결과, 신문사의 외압으로 기자님은 ‘말의 변비증을 앓는 사람’이 되어 버린 게 아닐까 판단합니다. 그리고 저는…….”

선생님이 시집 속의 ‘죽음을 꿰뚫은 대가리’와 ‘무덤 속의 벙어리’를 순서대로 짚었다.

“이런 표현이 오 기자님이 술로 자기 몸을 망가뜨리고 있는 것과 관련 있는 단서라 보고 있습니다. 제가 보기엔 오 기자님은 이미 자신이 죽었다고 인지하고 있는 상태 같습니다. 기자로서 말하지 못하면 죽은 것과 다름없다, 이런 인식이라고 할까요?”

별다른 대꾸 없이 이야기를 듣고 있던 오 기자가 쓴웃음을 지었다.

“명성대로 대단하시네요. 시 한 편을 가지고 그런 것까지 알아채시다니.”

오 기자는 소주 한 잔을 입에 털어 넣고 먹태 조각을 씹어 삼켰다. 그러고는 무언가 결심한 듯 한숨을 뱉고는 입을 열었다.

"가하재 선생 아시죠?"

대한민국 현대사를 관통하며 시대정신을 이끌어 낸 우리나라를 대표하는 시인. 노벨 문학상 발표 시기만 되면 늘 호사가들의 입에 오르내리는 그를 모를 리 없었다.

"문학계에선 노벨 문학상 발표 시기쯤에 가 선생의 시 세계를 조명하고 보도하는 게 연례행사처럼 됐어요. 우리나라 소설 장르에서 한 차례 노벨 문학상 수상자가 나왔으니, 다음 두 번째 수상 소식은 시 장르에서 나왔으면 하는 바람도 있었지요. 가 선생이 현실일보 신춘문예 출신인 만큼 우리 문화부에서는 매년 큰 공을 들여 기획 기사를 준비했습니다. 그런데 지난번 취재는 여느 때와는 분위기가 달랐습니다. 작가들 사이에서 어떤 소문이 돌더군요. 가하재 시인의 성 추문 이야기였죠."

오 기자가 취재할 당시, 문인들 사이에서 가하재 시인과 관련한 성 추문이 급격하게 퍼지고 있었다고 했다. 그 기행이 도무지 입에 담을 수 없는 수준이라 기자들끼리는 긴가민가 했지만, 오 기자의 취재에 따르면 작가들 사이에서는 이미 널리 알려진 사실이었다. 다만 문학계의 거두인 가 시인의 눈 밖에 나면 문학판에서 발붙이기 쉽지 않았기 때문에 다들 쉬쉬 했을 뿐. 그러나 몇몇 용기 있는, 그 용기 때문에 은퇴 절차를

밟아야 했던 작가들이 재야에서 조금씩 목소리를 내기 시작했고, 그것이 오 기자의 귀에까지 닿게 된 것이었다.

"취재도 어려웠지만 더 큰 문제는 데스크 통과였습니다."

그러면서 오 기자는 소주잔을 또 한 번 비웠다.

"데스크에서 기사를 막았군요."

내가 그의 빈 잔에 소주를 따르며 호응하자 오 기자가 고개를 끄덕였다.

"가 시인의 추문이 새어 나가는 순간, 우리나라 두 번째 노벨 문학상은 물 건너가는 거라더군요. 가 시인의 노벨 문학상 수상을 위해서 우리나라가 그리고 우리 신문사가 그간에 들인 공이 얼만 줄 아냐고, 국민 여론은, 정치인들의 입은 어떻게 할 거냐고 윽박질렀습니다. 광고가 떨어져 나가는 게 가장 걱정이었겠죠. 그래도 고집을 꺾질 않으니까 이튿날 바로 책상이 빠졌습니다. 그러고는 인터넷 신문사로 발령해 버리더군요. 입을 막았을 뿐만 아니라 팔다리도 잘라 버린 겁니다. 뭐, 그래서 이 꼴입니다."

오 기자가 쓴웃음을 지으며 또 한 잔의 술을 털어 넣었다. 우리는 한참을 그렇게 아무 말 없었다. 텔레비전의 맛집 정보 프로그램은 이제 뉴스로 바뀌어 있었다.

저녁 시간이 되었는데도 손님은 우리밖에 없어서 이 가게를 어떻게 유지하는지 궁금해하고 있던 차에 오 기자가 일어났다. 취기는 있어 보였으나 심하지는 않았다. 오 기자와 함께 가게를 나온 나와 선생님은 그가 걸어가는 뒷모습을 가만히 지켜보았다.

오늘 들은 오 기자의 사정을 문상 기자에게 알리는 것이 옳은 일일까. 지금껏 오 기자가 문상에게 자세한 사정을 말하지 않은 건 아끼는 후배가 자신과 같은 전철을 밟을 위험에 내몰리는 걸 우려해서가 아니었을까. 그렇다면 우리는 문상의 의뢰를 포기해야 할까. 혼란스러웠다.

"말해야지. 오 기자가 굳이 우리에게 사정을 털어놓은 의도가 뭐라고 생각하나?"

선생님이 마치 내 속마음을 들여다본 듯 단호한 어조로 말했다. 도대체 선생님은 어떻게 내 마음을 꿰뚫어 보는 거지?

"오 기자에게 '북어'는 '기자'라네. 단순히 직종을 일컫는다기보다는 회의감이 내포된 의미라고 할 수 있겠지. 기자란 대중의 알권리를 위해 움직이는 사람이긴 하지만 그들도 역시 이 사회를 살아가는 소시민 중 하나일세. 감당하기 어려운 외압이 들어오면 본분을 저버릴 수밖에 없는 현실에 노출되기 마련이지. 그런 현실에 맞닥뜨린 오 기자가 느꼈을 회의감이 그가 「북어」라는 시에 빠지게 된 원인일 거야."

"그럴 거면 처음부터 문상 기자에게 진상을 밝히고 어떻게 생각하냐고 직설적으로 물어볼 수도 있었잖아요. 왜 굳이 시 속 언어를 빌려서 질문했을까요?"

"아마 모든 사정을 말로 다 얘기하고 싶지는 않았을 거야. 여기를 보게."

선생님이 시집을 펼쳐서 「북어」를 보여 주었다.

"여기 보이는 '가슴에 싱싱한 지느러미를 달고/ 헤엄쳐 갈 데 없는 사람들'은 앞의 행에 '북어들의 빳빳한 지느러미/ 막대기 같은 생각/ 빛나지 않는 막대기 같은 사람들'보다는 상태가 좀 나아 보이지 않나? 후자는 지느러미가 빳빳한데 전자는 그래도 싱싱하잖아. 둘 다 북어라는 면에서는 크게 다르지 않지만."

그러고는 시집을 덮은 후 턱을 문지르며 말을 이었다.

"막대기 같은 사람들, 그러니까 가하재의 성 추문을 알고도 덮으려고 했던 인간들이나, 싱싱한 지느러미와 같은 취재 열정으로 진실을 세상에 알리려다가 헤엄쳐 갈 데를 잃어버린 자신이나 결국엔 '같은 북어'라고 생각한 거야. 둘 다 진실을 밝히지 못하는 건 마찬가지니까. 오 기자가 문 기자에게 사실을 알려 봐야 둘 중 하나야. 자신처럼 되든가, 아니면 자신을 억압하는 신문사처럼 되든가."

"그렇다면 굳이 알리고 싶지 않은 걸 왜 우리에게는 털어놓았을까요? 문상 기자가 우리 의뢰인이라는 걸 들었으니, 이 얘기가 문상 기자한테 전해질 걸 알 텐데요."

"그럼에도 불구하고, 문 기자로부터 '아니다'라는 대답을 듣고 싶었던 거지."

선생님은 나지막한, 그러나 확신에 찬 어조였다.

"'아니다'라니요? 그게 무슨 말씀인지?"

"'너도 북어냐?'라고 물었던 거 말일세. 오 기자는 듣고 싶었을 거야. 문 기자가 본인은 북어가 아니라고 대답하는 걸 말이야. 하지만 직접적으로 물을 용기는 없었던 거지. 그래서 우리에게 떠넘긴 거네. 우리가 물어봐 줘야 하지 않겠나. 단!"

선생님이 통문시장의 건어물 가게에 걸린 북어쾌를 만지작거리며 말했다.

"오 기자보다는 조금 더 직설적으로."

사건을 해결했다고 통보하자 문상 기자가 곧장 달려왔다.

선생님은 가하재 시인의 성 추문을 보도하려다 퇴직하게 된 오 기자의 사정에 대해, 그리고 그 사건으로 인해 갖게 된 기자로서의 자괴감과 회의감에 대해 담담하게 이야기했다.

가 시인의 추문에 대해 놀란 반응을 보이던 문상은 오 기자의 취재를 막은 현실일보의 횡포에 대해서는 "우리 신문사에서라면 충분히 일어날 수 있는 일이죠."라고 수긍했다.

문상이 돌아간 후 커피를 건네며 선생님에게 물었다.

"신문사의 입장을 이해한다라……, 어떤 의미로 받아들여야 할까요?"

그러나 선생님은 알 수 없는 표정을 지으며 커피를 마실 뿐이었다.

사건을 해결한 지 몇 달이 지났을 무렵, 전화 한 통을 받았다. 현실일보에서 나와 새로운 신문사를 설립했다는 문상 기자의 전화였다.

"대형 신문사는 이래저래 눈치를 볼 게 많죠. 잃을 게 많으니까. 하지만 작은 신문사라면 외압에서 비교적 자유로울 수 있겠더라고요. 우리는 탐사 보도를 전문으로 하는 신문사입니다. 탐사 보도는 나름 탄탄한 독자층이 있어서 운영에 별문제는 없을 것 같아요. 당연히 연철 선배랑 같이죠. 설득이 어렵지는 않았습니다. '난 북어 될 생각 없는데, 선배는요?'라고 하니 바로 넘어오더라고요. 하하."

이 소식을 출장 갔다 돌아온 선생님한테 전했다. 선생님은 말없이 고개를 끄덕였다.

"그 다 쓰러져 가던 선술집 기억하시죠? 오 기자 단골집이라던. 그 가게를 인수해서 리모델링했다고 합니다. 어쩐지 그 날도 우리 말고는 손님이 없더라니, 덕분에 아주 저렴하게 인수할 수 있었다고 하더라고요."

"그래, 잘됐군. 신문사 이름은 뭐라던가?"

"'뉴스 폴락(pollack)'이라고 하던데요. 신문사 이름치고는 특이하죠?"

"오호, 명태라, 괜찮은 이름이군."

선생님이 기분 좋은 미소로 커피 한 모금을 마시고 말을 이었다.

"죽은 명태는 어떻게 말리냐에 따라 다양한 이름으로 불리지. 생태, 동태, 건태, 황태, 먹태 그리고 북어 같은 이름으로 말이야. 그 이름이 어떻든 생명을 잃었다는 측면에서 보면 크게 다르지 않지. 근데 그 북어가 다시 생명을 얻어 명태가 되었다고 하니 궁금해지는군. 앞으로 두 기자의 가슴께에 담긴 기자 수첩에 무엇이 적힐지 말이야."

2화.

똑같은 부자(父子)

「성탄제」, 김종길

똑같은 부자(父子)

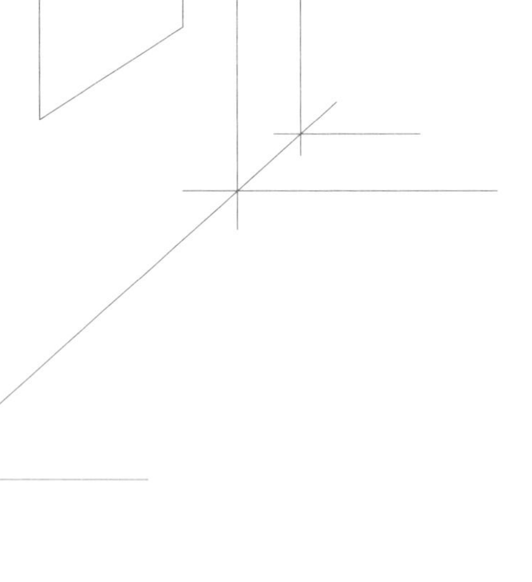

"이거 봐. 이 시가 남겨져 있었단 말이지."

현종이 휴대전화 화면으로 시가 인쇄된 엽서를 찍은 사진을 보여 주었다.

'현종탐정사무소'의 소장인 현종은 종종 선생님에게 도움을 청하기 위해 우리 사무소를 방문한다. 그는 천재적인 선생님과 달리 평범한 탐정이었으므로 시와 관련 없는, 그러나 경찰 인력을 동원하기는 어려운 사건들, 예컨대 돈을 떼어먹고 달아난 사람을 찾는 일이나 잃어버린 고양이를 찾거나 하는 크고 작은 의뢰를 도맡았다. 그중에서도 이 사무소만의 특화 분야가 있었으니, 바로 불륜의 증거를 찾아내는 일. 이번 건도 남편의 외도를 의심하는 아내의 의뢰라고 했다.

"책상에 시 한 편 있는 게 무슨 대수인가?"

선생님이 뜨뜻미지근한 반응을 보이자, 마음이 조급해진 현종이 목소리를 높였다.

"아, 이 사람아. 명색이 시 탐정이란 사람이 시 한 편이 대수라니! 자, 들어 보게. 아무리 시 한 편쯤 가슴에 품고 사는 세상이라지만, 아내 말에 따르면 그 남편은 평생 책이라는 건 모르고 살아온 사람이래. 그런 남편 책상 위에서 이 시가 발견되었단 말이지."

"거참, 어느 날 갑자기 시에 관심을 가질 수도 있는 일 아닌가. 시라는 건 언제 어떻게 만날지 모르는 일이라네."

"이렇게 감이 없어서야, 원. 아무튼 설록 자넨 연애 쪽으로는 영 젬병이야."

현종이 피식 웃으며 말을 이었다.

"그러니까 말이야, 갑자기 시를 읽게 된 건 어째서일까. 누군가의 영향을 받은 게 아닌가. 그러면 그 누군가는 누군가? 혹시 다른 여성이 아닌가. 그렇다면 이 시는 외도의 증거가 아닐까? 이런 식의 접근이 필요한 거야. 어때, 이 정도면 의심할 만하지?"

모르긴 몰라도 현종의 추리가 선생님의 흥미를 끌어내는 데 실패한 건 확실한 듯싶다. 선생님은 무심한 표정으로 내 생각은 어떤지 물었다.

의뢰인의 남편, 최대식은 '미스터테일러'라는 맞춤 양복점의 사장이자 디자이너이다. 집에서 버스로 세 정거장 떨어진 거리인데 매일 30분을 걸어서 출퇴근한다. 영업시간은 월요일부터 토요일 오전 11시부터 오후 8시까지. 잔업이 있거나 손님의 방문 예약이 있으면 늦어질 수 있지만 그런 일은 드물고, 대개는 8시에 문을 닫는다. 그런데 최근 퇴근이 늦어지는 일이 잦아졌다고 했다.

"얼마 정도 늦어졌다던가요?"

내가 물었다.

"그게 좀 애매하긴 한데, 한 시간 정도야."

"한 시간 늦었다고 남편의 외도를 의심하는 건 좀……."

현종이 "그치?" 하면서 이마를 긁었다.

"안 그래도 내가 그렇게 말했지. 근데 의뢰인이 정색하는 거야. 8시 30분에 집에 도착해 티브이를 보면서 맥주 한 잔으로 하루를 마무리하는 것이 남편의 루틴이라고. 무려 30년 동안 단 한 번도 어긴 적이 없대요, 글쎄."

"30년이나요?"

내 말에 현종이 고개를 끄덕였다.

"스무 살부터 거기서 일했는데 잡일부터 시작해 결국 디자인 기술까지 배웠대. 그러다 20년 전에 가게를 인수했어. 전

주인이 은퇴하면서 가게를 넘겼다고 하더라고. 사람이 성실하니까 믿고 맡겨도 되겠다는 판단이 들었나 봐. 그 전 주인 양반이 지금의 장인이고."

현종이 "딸에 이어서 가게까지 맡긴 거지." 하면서 웃었다.

"아무튼 워낙 철두철미한 사람이라 납품 기일 하나는 어떤 일이 있어도 맞춘대. 무뚝뚝하고 고지식해 보여도 옷 하나는 기가 막히더군."

"만나 봤나?"

선생님의 물음에 현종은 양복 재킷의 깃을 두 번 끌어당겼다.

"이거 거기서 맞춘 거야. 어때, 괜찮지?"

최대식을 미행하던 중에 (현종의 말에 따르면) 사소한 실수로 그에게 들킨 것을 무마하기 위해서 어쩔 수 없이 손님으로 위장해 양복점에 들어갔다가 맞춘 정장이, 현종은 아주 마음에 든다고 했다.

"그 순발력, 탐정이니까 망정이지 다른 곳에 썼으면 어쩔 뻔했나."

선생님의 지적에 현종이 고민하는 척 손가락으로 눈썹을 문지르고는 내 쪽을 바라보았다.

"이 친구 말은 칭찬인지 욕인지 알 수가 없단 말이야. 안 그래, 완승 씨?"

나는 강한 긍정의 뜻을 담아 고개를 끄덕여 대답했다.

한 달간의 미행(현종은 '수사'라고 해 달라고 했지만)으로 알아낸 것은 최대식이 월요일, 수요일, 토요일에 양복점과 집 사이에 있는 '인더가든'이라는 커피숍에 들러 한 시간가량을 보낸다는 것이다. 만나는 사람도, 특별히 대화를 나누는 사람도 없이 디카페인 커피를 한 잔 시키고는 앉아 있다가 집으로 간다는 것이다.

"다른 요일은?"

"다른 요일은 곧장 집으로 퇴근하지."

"그러니까……."

선생님이 미간을 찌푸렸다. 뭔가 마음에 들지 않는 거겠지.

"자네의 그 미행……, 자네의 주장대로라면……, 수사 결과에 따르면."

"이봐, 내 수사를 수사라고 부르는 게 그렇게 아니꼬운 일인가?"

현종이 못마땅한 표정으로 선생님에게 손가락질하며 불만을 표했다. 선생님이 몇 번 헛기침을 하고 나서 말을 이었다.

"인더가든이라는 커피숍에 가는 날 이외에는 집으로 간다고 하니 별다른 혐의가 있을 리 없고, 아내가 의심했던 한 시간이라는 시간 동안 한 일이라고는 기껏해야 커피 마시는 것 뿐이지 않은가. 그렇다면 문제는."

"그래, 문제는 바로."

현종이 딱, 하고 손가락을 튕기며 선생님의 말을 가로챘다.

"왜 그 많은 메뉴 중에 하필이면 디카페인 커피를 마셨냐는 거지."

나는 머리가 지끈거렸다. 이 사람, 어떻게 탐정이 된 거지? 선생님도 이 작자를 얼른 집에 보내 버리고 싶다는 표정으로 미간 사이의 주름을 쓰다듬고 있었다.

"아니죠, 탐정님. 여기서 가장 중요한 문제는, 도대체 무슨 이유로 최대식 씨가 커피숍을 갔느냐예요. 30년 동안의 루틴을 깨고서 말이죠. 그리고."

나는 현종의 말을 받아쓰던 수첩을 펴 들었다.

"왜 하필 월, 수, 토요일에만 갔는지도요."

현종이 "그거라면 거의 풀었지."라며 여유 있는 표정을 지어 보였다.

"야구 중계 때문이야. 의뢰인에 따르면 남편은 야구광이라고 했어. 퇴근 후 루틴이 티브이를 보는 거라고 했잖아? 야구 시즌이면 늘 야구 중계를 본다는 거야. 근데 지금 야구 시즌이지. 다른 요일에는 야구 중계를 봐야 해서 커피숍을 들를 여유가 없었던 거야. 하지만 야구 경기가 없는 날인 월요일은 상관없지. 주말인 토요일은 어차피 양복점에 있을 시간에 경기가 열린다고. 그러면 일을 마치고 커피숍에 들를 여유가 생기지."

현종은 "어때, 내 실력이?" 하고 묻는 듯 의기양양한 표정이었지만, 선생님은 창밖으로 보이는 이팝나무를 응시한 채 물었다.

"그렇다면 수요일은?"

"그건 아직 미스테리야."라며 현종이 별일 아니라는 듯 공중에 손을 휘휘 저었다.

"그건 큰 문제는 아니니 차츰 생각해 보기로 하지 뭐."

아니다. 아주 큰 문제다. 이 사람은 진심으로 자신의 추리를 확신하고 있는 걸까?

"종업원이랑은 얘기를 나눠 봤겠지? 아니면 손님이라도."

선생님이 여전히 창밖으로 시선을 고정한 채 물었다. 애초에 현종에 대한 기대치가 높지 않은 건 알고 있었지만, 오늘은 그 실망의 정도가 더 큰 것 같다.

"종업원이랑 섣불리 대화하다가는 신분이 노출될 수 있네. 우리 같은 직종은 기밀 유지가 가장 중요하단 말이야."

현종이 어처구니없다는 표정을 지었다. 그놈의 기밀 유지하다가 사건도 기밀로 남겠네요, 라고 생각하던 순간 선생님이 테이블 쪽으로 몸을 당겼다.

"시를 다시 보여 줘 보게."

선생님이 건네받은 휴대전화 속의 시를 한 번 훑어 읽더니 현종에게 돌려주었다.

"이거 재밌을 것 같군. 얼마를 받았나, 의뢰비는?"

현종이 알려 준 액수를 선생님이 몇 번 반복하여 말하며 의심쩍어하자, 현종은 결국 실제 의뢰비를 털어놓고 말았다. 처음 금액보다 세 배는 많았다. 형편없는 실력으로도 탐정 일을 계속할 수 있는 건 이런 뻔뻔함 때문인가.

"7 대 3으로 하지. 물론 내가 7이네."

현종이 어이없다는 듯 헛웃음을 쳤다.

"무슨 소리야. 이건 내 사건이라고. 내가 7이라면 몰라도."

선생님이 소파 깊숙이 등을 기대며 말했다.

"완승 군, 곧 의뢰인 도착할 시간이 되지 않았나?"

그러자 현종이 고개를 숙이며 말했다.

"자네가 4, 내가 6."

"내가 장담하는데 이 사건."

선생님이 커피 한 모금을 마신 후 말을 이었다.

"자네 혼자서는 절대 해결 못 해."

그 말에 현종이 크게 한숨을 쉬었다.

"5 대 5, 이거도 안 받으면 나 그냥 갈 거야."

선생님이 팔을 벌리며 어깨를 으쓱했다.

"어쩔 수 없군. 조심히 가시게. 배웅은 하지 않겠네."

그런 다음 능청스럽게 시집을 펴 들자, 화가 난 현종이 벌떡 일어나 사무소 출입구 쪽으로 성큼성큼 걸어갔다. 출입문을 잡고 한참을 서 있던 현종의 뒷모습에서 중얼거리는 듯한 소리가 나더니(지금 생각해 보니 욕이었던 것 같기도 하고), 우리 쪽을 향해 소리쳤다.

"빌어먹을. 그래 네가 7 먹어라!"

선생님이 씨익 미소를 짓고서는 나에게 말했다.

"인더가든 커피 맛 좀 보고 오겠나, 완승 군?"

우리 사무소에서 멀지 않은 곳에는 유명한 카페가 즐비한 커피 거리가 조성되어 있다. 이게 다 사무소와 인접한 '서문커피' 덕분인데, 질 좋은 원두를 값싸게 납품받을 수 있다는 소문이 퍼지면서 이제 막 영업을 시작하려는 새내기 바리스타들이 하나둘씩 모여들었기 때문이다.

인더가든도 그 커피 거리에 있었다. 정갈하게 가드닝된 입구에서부터 식물 관련 소품으로 꾸민 인테리어, 가게 한쪽에 판매하고 있는 가드닝 관련 서적과 식물을 배경으로 한 엽서 등을 통해 인더가든이라는 이름의 연유를 직관적으로 알 수 있었다. 가게 중앙을 차지하고 있는 자작나무가 은은한 조명과 어울려 아늑한 느낌을 주었다. 꽤 넓은 공간에 손님이 꽉 들어차 있었다. 외진 골목길에 있어서 지나가다 들르기에는 쉽지 않은 위치였는데도 이런 걸 보면, 손님들로부터 좋은 평판을 받는 커피숍임은 틀림없어 보였다. 정신없는 중에도 능숙하게 에스프레소 추출기를 다루는 걸 보면 저 바리스타, 보통 솜씨는 아니다.

가게 구석에 있는 빈자리에 앉아 바리스타에게 여유가 생기길 기다렸다가 카운터로 다가가 커피를 주문했다.

"이 카페 사장님이신가요? 저, 실례가 안 된다면 얘기를 좀 나누고 싶은데요."

커피를 건네던 바리스타가 나를 바라보았다. 선명한 이목구비에 선한 눈빛을 지닌 미인이었다.

"무슨 일이시죠?"

명함을 내밀면서 나는 그녀에게 월요일, 수요일, 토요일 저녁 8시 30분에 근무하는 바리스타가 누구인지 물었다.

"제가 근무하는 시간인데요. 무슨 일이 있나요?"

그녀가 당황한 표정으로 물었다.

"특별한 일은 아니고요. 혹시 사장님이 출근하지 않는 시간엔 누가 일하는지 알 수 있을까요?"

그녀는 남편과 함께 운영하고 있으며 둘이 겹치지 않게 번갈아 가며 가게에 나온다고 했다. 아직 부모의 보살핌이 필요한 아들 때문이었다.

"혹시……."

그녀가 망설이며 말을 꺼냈다.

"말씀하신 월, 수, 토요일 8시 30분에 오시는 남자분 때문인가요?"

"그 남자분, 알고 계시는군요?"

"네, 딱히 대화를 나눈 적은 없지만 늘 같은 시간에 오셔서 기억이 나요. 늦은 시간에 카페인을 드시면 잠을 못 주무신다고 항상 디카페인 커피를 주문하셨죠. 설마, 그분에게 무슨 일이라도 생긴 건가요?"

"아, 실은……."

갑작스러운 질문에 적잖이 당황한 나는 어색한 말을 뱉어냈다.

"여기 커피가 너무 맛있다고, 꼭 마셔 보라고 하셔서요. 그리고 간 김에 커피 원두가 뭔지도 좀 알아보라고. 그분이 이런 걸 잘 물어보지 못하는 성격이시라."

내 멍청한 말에도 그녀는 별 의심 없이 그런 거라면 안심이라며 커피에 대해 친절히 알려 주었다. 실은 그녀의 말이 제대로 귀에 들어오지 않았는데, 별 필요도 없는 디카페인 커피 원두를 사게 된 연유를 선생님에게 어떻게 설명해야 할지 고민이다.

"아, 이건 서비스입니다. 하나 뽑아 가세요."

정신을 차리고 보니 그녀의 손이 카운터 앞에 놓인 엽서를 가리키고 있는 장면이 눈에 들어왔다. 식물이 그려진 바탕에 시가 적힌 엽서. 그건 현종이 우리에게 보여 준 사진 속 엽서와 같은 것이었다.

사무소로 돌아와 선생님에게 인더가든에서의 일에 대해 (디카페인 커피 원두 얘기는 빼고) 말했다. 가만히 보고를 듣고 있던 선생님은 현종에게 전화를 걸어 의뢰인과 함께 사무소에 들르라고 했다.

"사건을 해결하셨다고 들었습니다."

의뢰인 백연정 씨는 단아한 인상의 중년 여성이었다. 그 태도 또한 무척 침착해서 남편의 외도를 의심하는 아내라고는 믿기지 않았다.

그녀의 맞은편에 앉은 선생님이 차를 권하며 말했다.

"제가 판단하기로는 이렇습니다."

"그 커피숍 종업원 맞지?"

"커피숍 종업원이요?"

연정이 깜짝 놀라자, 현종이 의기양양한 표정으로 두 손을 모아 엄지끼리 맞비볐다.

"네, 거기 종업원과 눈이 맞은 겁니다. 그렇지 않고서는 남편분이 주기적으로 커피숍에 들른 게 설명이 안 돼요. 물론 이쪽에 앉아 있는 설록 탐정이 그 근거를 알려 줄 겁니다."

현종의 말을 무시한 채 선생님이 몸을 앞으로 당기며 말했다.

"외도가 아닌 건 알고 있으셨지요?"

그러자 연정이 안도의 미소를 지었다.

"다행이네요, 탐정님께서 알아주셔서. 방금 현 탐정님 말씀을 듣고 의뢰를 포기해야 하나 진지하게 생각했답니다."

현종의 표정이 못 먹을 것을 씹은 사람처럼 일그러졌다.

"그럼 처음부터 외도를 의심한 게 아니었단 말씀입니까?"

"애초에 남편의 외도를 의심했다고 한 적 없습니다. 남편이 무슨 일을 하는지 알아봐 달라고 했을 뿐이죠. 외도라는 말은…… 탐정님이 먼저 꺼내신 걸로 기억하는데……."

"아니, 그건, 정황상 외도가, 아니, 제 경험과 육감으로 말씀드린……."

횡설수설하는 현종의 말을 끊고 선생님이 물었다.

"의뢰인께서는 자녀가 어떻게 되시지요?"

그러자 연정이 잠시 멈칫하더니 차 한 모금을 마셨다.

"아들 하나 있습니다. 지금은 연락이 되질 않지만."

그 말을 들은 선생님이 "아들이었군."이라고 작게 중얼거리고는 커피 한 모금을 마셨다.

"언제부터 연락이 끊긴 겁니까?"

"햇수로 11년 됐습니다."

아들 무현은 학창 시절 학교에서 손꼽히는 우등생이었다. 남편 최대식은 그런 아들에게 기대를 걸었다. 기술로 먹고사는 자신과는 달리 아들은 공부로 성공하기를 그는 바랐다. 자신이 너무 고생스러운 삶을 살았다고 생각했기 때문이다.

"고생이 많았던 건 사실이에요. 우리 아버지가 엄하신 분이라서요. 본래도 혹독하게 대했는데 제가 그 사람이랑 사귀는 걸 알고는 더 심하게 대했나 보더라고요. 그때는 잘 몰랐어요. 남편이 워낙 말수가 없어서 그런 걸 시시콜콜하게 말하는 사람이 아니거든요, 그때나 지금이나."

"그런데도 결혼은 허락하셨군요."

내가 물었다.

"제가 고집을 좀 부렸죠. 자식 이기는 부모는 없다잖아요. 그런 면에서 우리 아버지는 그래도 평범한 축에 속하죠, 남편보다는. 우리 집 양반은 자식을 이겨 먹으려고 해요."

아들은 자신처럼 고생하지 않기를 바라던 꿈은 무난히 이루어질 수 있으리라 대식은 믿었다. 무현이 그림을 한다고 하기 전까지는. 무현은 고등학생 때부터 그림에 빠져 공부를 등한시하더니 결국 예술대학에 시험을 쳤고, 가고 싶거든 부자의 연을 끊고 가라는 아버지의 말에 집을 나간 후부터 지금까지 연락이 되지 않는다는 거였다.

"둘 다 똑같아요. 융통성이라고는 없어. 다시는 돌아올 생각 하지 말라는 말을 곧이곧대로 듣고 지금껏 한 번도 안 나타난 아들놈이나, 진짜로 연을 끊고 사는 그 아비나. 에휴, 내가 지지리 복도 없지."

연정이 고개를 절레절레 흔들고 나서 잠시 멍하니 있더니, 문득 정신이 든 듯 눈에 초점을 맞췄다.

"어머, 주책맞게 옛날 기억에 빠져 버렸네요."

연정은 현종에게 사건을 의뢰한 건 남편에게 무슨 일이 있는 건 아닌가 걱정되어서라고 했다. 자신이 알고 있는 남편은 특별한 이유 없이 퇴근 시간을 어기는 사람이 아닌데 무슨 이유로 그러는 건지 궁금했던 것이다.

"워낙 말수가 적은 사람이라 물어봐도 통 말을 안 해요. 늘 혼자서 걱정을 짊어지죠."

연정의 말을 조용히 듣고 있던 선생님이 왼쪽 입꼬리를 살짝 올리는 특유의 미소를 지으며 말했다.

"이걸로 사건은 다 해결되었습니다."

그러고는 연정을 보며 말했다.

"내일 오후 8시에 미스터테일러에서 뵙는 건 어떻습니까? 남편분과 함께 이야기를 나누고 싶습니다."

옆에서 고개를 끄덕이고 있던 현종에게 선생님이 한마디 던졌다.

"내일 자넨 올 필요가 없어. 대신 부탁이 있네."

오랜 세월을 지나온 미스터테일러는 예상과는 달리 그저 낡은 가게는 아니었다. 현대적인 소품들이 오래된 가구와 어울려 빈티지한 느낌을 자아냈다. 예컨대 세월을 고스란히 머금고 있는 원목으로 짜인 옷감 걸개와 서랍장이 최신식 재봉틀과 대비를 이루며 감각적인 분위기를 만들어 내는 식이었다. 가게 인테리어에 대해 칭찬하자 최대식 씨가 연정 쪽을 바라보았다.

"아내가 그쪽으로 감각이 있어요."

우리가 연정과 함께 미스터테일러에 들어섰을 때 보였던 당혹스러움이 어느 정도 진정이 된 듯했다.

선생님이 "그렇군요." 하고 고개를 끄덕이고 나서 말했다.

"아드님이 어머니의 감각을 물려받았나 봅니다."

연정이 당혹감과 놀라움을 담은 눈으로 물었다.

"우리 아들 소식을 들은 게 있으신 건가요?"

연정의 목소리가 조금 떨렸다.

"네, 그런 것 같습니다. 물론 여기 계시는."

선생님이 손바닥을 펼쳐 대식 쪽을 가리켰다.

"남편분이 더 잘 아시겠지만요."

대식은 두 손을 주무르고 있을 뿐 입을 열지 않았다. 연정이 무슨 말이라도 해 보라며 다그쳤지만, 여전히 아무 말이 없었다.

"이 시, 알고 계시죠?"

선생님이 주머니에서 엽서를 꺼내 테이블 위에 내려놓았다. 인더가든에서 제작한 엽서였다.

대식이 고개를 끄덕였다.

"완승 군, 읽어 주겠나?"

성탄제

김종길

어두운 방 안엔

바알간 숯불이 피고,

외로이 늙으신 할머니가

애처러히 잦아지는 어린 목숨을 지키고 계시었다.

이윽고 눈 속을

아버지가 약을 가지고 돌아오시었다.

아 아버지가 눈을 헤치고 따오신

그 붉은 산수유 열매—

나는 한 마리 어린 짐생,

젊은 아버지의 서느런 옷자락에

열로 상기한 볼을 말없이 부비는 것이었다.

이따금 뒷문을 눈이 치고 있었다.

그날 밤이 어쩌면 성탄제의 밤이었을지도 모른다.

어느새 나도
그때의 아버지만큼 나이를 먹었다.

옛것이란 거의 찾아볼 길 없는
성탄제 가까운 도시에는
이제 반가운 그 옛날의 것이 내리는데,

서러운 서른 살 나의 이마에
불현듯 아버지의 서느런 옷자락을 느끼는 것은,

눈 속에 따 오신 산수유 붉은 알알이
아직도 내 혈액 속에 녹아 흐르는 까닭일까.

내 낭독이 끝나자, 선생님이 입을 열었다.

"시 속의 화자는 어릴 적에 고열을 앓았던 걸로 보이네요. '애처러히 잦아지는 어린 목숨'이라는 표현을 보니 상태가 꽤 심각했던 것으로 추측됩니다. 그런데 아버지가 눈을 헤치고 산수유 열매를 구해 오죠. 아버지의 '옷자락'이 '서느런' 이유는 추위 때문입니다. 산수유 열매는 고열에 약효가 있는 것으로 알려져 있습니다. 아버지는 '한 마리 어린 짐생', 즉 연약한 존재인 아들을 위해 혹한을 뚫고 약을 구해 온 것입니다."

연정이 남편 쪽을 바라보았다.

"혹시 당신, 그때 일을……."

대식이 테이블을 짚으며 연정을 바라보았다.

"당신, 구연석이라고 알지?"

"세한은행 지점장?"

대식이 맞아, 하고 고개를 끄덕였다.

대식은 미스터테일러의 오랜 단골손님인 구연석으로부터 최근에 딸이 결혼했다는 이야기를 들었다. 대식이 결혼식 소식을 왜 알리지 않았냐고 서운해하자, 구연석은 가족끼리 단출하게 식을 올렸다고 했다. 딸이 이미 아이를 낳아 살고 있었기 때문이다. 이런저런 이야기를 나누다가 대식은 문득 묘한 의구심이 생겼다. 구연석의 사위 이야기가 왠지 모르게 기시감이 들었던 것이다. 차마 이름을 묻지 못한 건, 아무리 단골이라지만 남의 집 사위 이름을 묻는 게 실례라고 생각해서였다. 대신 대식은 구연석의 딸네가 한다는 커피숍을 찾아가 보기로 마음을 먹었다.

"먼발치서 가게에서 일하고 있는 아들놈을 봤습니다. 세월이 꽤 지났지만 알아볼 수 있었죠. 분명히 무현이었습니다."

"먼발치서라……, 그렇다면 아드님과 이야기를 나눈 건 아니군요."

대식이 고개를 끄덕이자 연정이 한숨을 푹 쉬며 자기 가슴을 쳤다.

"아니, 아들을 보고도 그냥 아무 말 없이 왔단 말이야? 어이구, 이 답답한 양반아."

그러더니 대식의 팔을 잡아 일으켜 세우려 했다.

"갑시다."

"어딜 가?"

"어디냐니, 아들한테지."

"아, 가만히 좀 있어 봐."

두 사람은 실랑이를 벌이다가 결국 다시 자리에 앉았다.

선생님이 물었다.

"궁금한 게 있습니다. 아까 시를 해독할 때 의뢰인께서 '그 때 일을…….'이라고 말씀하셨는데, 그게 무슨 일인지 알 수 있을까요?"

"무현이가 어렸을 때 열병을 크게 앓은 적이 있었어요. 주말인 데다 폭설이 내려서 병원이나 약국은 문을 닫았고, 집에

약은 없고. 발만 동동 구르고 있던 차에 남편이 문을 연 한약방이 있다는 사실을 알고는 약을 구해 왔어요. 그 먼 거리를 걸어서. 그렇게나 아들을 아끼던 양반이 무슨 마음으로 10년을 넘게 연을 끊고 살았는지 모르겠어요."

"강하게 크길 바랐습니다."

대식이 손깍지를 낀 채 테이블에 놓인 엽서를 바라보며 말했다.

"그놈이 원체 몸이 약했습니다. 그래서 잔병치레가 많았죠. 어렵게 얻은 자식이라 제 엄마가 오냐오냐한 것도 있었고. 그래서 저는 좀 엄하게 대했습니다. 그러다가 고집이 생겨 말을 듣지 않는 날이 오더군요. 갑자기 화가라니. 예술가로서 성공하려면 더 독해져야 한다고 생각했습니다. 온실 안 화초처럼 자라서는 안 된다, 악착같이 해야 밥벌이를 할 수 있으리라 생각했어요. 제가 그렇게 살았으니까. 그래서 더 모질게 했습니다. 찾아오지 말라고. 물론 그땐 이렇게 오랫동안 보지 못할 줄은 몰랐지만요."

연정이 고개를 절레절레 흔들었다.

"똑같아서 그래, 둘이 똑같아서."

그 말에 대식이 쓴웃음을 지었다.

"최근에야 아들놈의 소식을 알았습니다. 나도 지금 아내처럼 당장 달려가고 싶었죠. 하지만 확신이 없었어요. 그 애가 나를 어떻게 생각할지, 원망하지는 않을지. 만날 용기가 생기지 않더군요."

"그럼 도대체 왜 거길 간 거야? 만나지도 않을 거면서. 며느리 보러 간 거야?"

"…… 잘 모르겠어. 마음의 준비가 필요했는지도 모르지."

대식이 머리를 긁적였다.

"가신 이유야 어떻든, 아드님이 아버지를 원망하지 않을까 걱정이라면 그건 크게 염려하실 필요가 없겠습니다."

선생님이 엽서를 들어 보였다.

"이건 여기 있는 제 제자가 인더가든에서 받아 온 엽서입니다. 선생님도 거기 엽서 한 장을 가지고 계실 거예요. 디자인은 다양했지만 엽서 속에 담긴 시는 모두 같다더군요. 김종길의 「성탄제」. 자신의 실제 경험을 담은 시를 골라 엽서에 넣은 것이지요. 게다가."

선생님이 엽서 속 시 구절 '그때의 아버지만큼 나이를 먹었다' 부분을 손으로 짚었다.

"시간이 흘러 아드님이 최대식 씨만큼 나이를 먹었습니다. 올해 서른이 되었겠군요. '서러운 서른 살'이라는 표현을 보니 살면서 아픔이나 시련은 겪을 만큼 겪은 것 같습니다. 여기를 주목해 보시죠. '눈 속에 따 오신 산수유 붉은 알알이/ 아직도 내 혈액 속에 녹아 흐르는 까닭일까'."

선생님 설명에 부부의 시선이 엽서 쪽으로 모였다.

"'산수유 붉은 알알'은 아들을 생각하는 아버지의 마음입니다. 폭설을 헤치고 약을 구해 오는 부성애. 그것이 '내 혈액 속에 녹아 흐'른다고 인식하고 있다는 것은……."

"제 마음을 알고 있다…… 는 말인 건가요?"

선생님이 미소를 지으며 고개를 끄덕였다.

대식의 눈이 서서히 붉어지며 촉촉한 눈물이 고였다.

"이상하지 않습니까? 아버지의 가게와 그리 멀지 않은 곳에 커피숍을 차리고, 굳이 아버지의 사랑을 그리워하는 이야기가 담긴 시를 엽서로 제작해서 팔고 있다는 사실이 말이죠. 자, 이제 서로의 마음을 확인했으니 두 분, 아드님을 만나러 갈 시간인 것 같습니다."

인더가든에서는 무뚝뚝한 아버지와 아들의 상봉이 이루어지고 있다. 대식은 아들의 어깨를 몇 번 툭툭 치고는 고개를 끄덕였고, 무현은 어색하게 웃는다. 아직 민망한 듯, 어색한 듯 둘은 서로의 눈을 쳐다보지 못한다. 그와 달리 연정은 아들을 얼싸안고 펑펑 울다가, 다정한 눈빛으로 며느리를 바라보고 손을 쓰다듬거나 하면서 마음 가는 대로 반가움을 드러내고 있다.

인더가든 건너편 길가에서 의뢰인 가족의 상봉을 바라보던 선생님이 현종에게 말했다.

“시간 맞춰 잘 데려왔군, 현 탐정.”

그러자 현종이 대답했다.

“인더가든 여사장님이 눈치가 빠르더라고. 몇 번 얘기가 오가지도 않았는데 그 손님이랑 자기 남편이 무슨 관계인지 물었어. 완승 씨가 다녀간 후로 가만히 생각해 봤더니 그 손님이랑 남편이 닮았다는 걸 깨달았다면서. 자네 말을 전하기도 전에 남편을 불러내더군. 어때? 감 좋지?”

선생님이 픽 웃으며 대꾸했다.

“현직 탐정보다 낫군그래.”

“그러게나 말이야.”

현종이 생각없이 고개를 끄덕이다가 말고, 자기더러 감 떨어지는 현직 탐정이라고 말한 거냐는 듯 손가락을 자기 쪽으로 가리키며 나를 바라보았다. 나는 고개를 격하게 끄덕임으로써 강한 긍정의 뜻을 전했다.

어색한 손놀림으로 손자를 안아 보는 할아버지가 보인다. 아들 내외는 불안한 표정으로 그 모습을 지켜보고, 옆에서 아이를 추슬러 주는 할머니의 잔소리가 이어진다. 그 덕인지 다행히 손자가 무사히 할아버지 품에 안긴다. 붉은 산수유 열매가 삼대째 녹아 흐르는 걸 목격하는 순간이다.

3화.

과거를 묻고

「성탄제」, 오장환

과거를 묻고

용천고시원 301호 앞에 도착하자 한 사내가 안에서 나와 우리에게 다가왔다.

"무슨 일이시죠?"

탄탄하게 마른 몸매에 눈빛이 날카로워 냉정한 인상을 풍기는 남자였다. 선생님이 명함을 건넸다.

"아, 설록 탐정님이시군요."

그의 손이 눈앞에 불쑥 나타났다.

"오경철 팀장님을 모시고 있는 권경찬입니다."

처음과 달리 서글서글한 말투였다. 눈빛도 한결 부드럽게 변했다.

"오 팀장님께 말씀 들었습니다. 일찍 오셨군요."

권 형사가 방 안으로 우리를 안내했다. 침대와 책상 하나,

붙박이 옷장 하나가 전부인 두 평 남짓한 방이었다. 무언가를 들일 공간이 부족해서 그런지 단출했다.

"말씀 들으셨겠지만, 젊은 여성 한 명이 살고 있었습니다. '송연재'라는 여대생. 서문대학교 사회복지학과 3학년이고 친구가 실종 신고를 했습니다. 거의 매일 통화하는 사이인데 며칠 동안 연락이 없어서 와 봤더니 아무도 없었다고 하더군요. 친구 말로는 송연재 학생은 아르바이트하는 학교 앞 편의점과 학교만 왔다 갔다 했다고 합니다. 달리 갈 만한 곳도 없다고 했습니다. 그럴 처지가 아닐 거라고."

"그럴 처지요?"

선생님이 물었다.

"네, 저희가 좀 알아봤는데, 여기서 어머니와 단둘이 살고 있었습니다. 가정 형편이 그리 좋은 편은 아니었고요. 그런데 얼마 전 어머니가 사망했습니다."

문제는 어머니가 사채를 가지고 있었던 것. 어머니가 사고로 다쳐서 일을 쉬게 된 탓에 모자란 생활비를 충당하기 위해 급전을 빌려 쓴 것이었다.

"은행권 대출이 다 막히다 보니 어쩔 수 없이 사채를 쓰게 된 것 같습니다. 그렇다고 큰돈은 아니었는데 워낙 이자가 높으니까 그게 원금의 세 배가 넘는 금액이 되었다고 하네요."

아무리 고리라고는 하지만 일 년 사이에 원금의 세 배가 된다고? 이건 좀 악질 아닌가. 찌푸린 미간을 문지르고 있는 걸 보니 선생님도 영 마음에 들지 않는 눈치였다.

"송연재 씨의 실종과 사채업자와의 관련성에 대해 수사하고 있다고 들었습니다만."

선생님 말에 권 형사가 고개를 끄덕였다.

"302호에 사는 남자가 말해 준 사실인데, 일주일 전에 험상궂은 남자 둘이 301호 앞에서 소리치는 걸 들었답니다. 더 이상 못 기다린다. 일주일 내로 안 갚으면 각오하라, 뭐 이런 식의 협박이었다고 합니다. 워낙 시끄럽게 떠들어서 본인 말고도 들은 사람이 더 있을 거라고 하더군요. 실제로 몇 명 더 있었고요."

"어제가 딱 일주일 되는 날……."

"그렇습니다. 저희는 일단 이 두 남자를 의심하고 있습니다. 건물 내부에는 CCTV가 없지만 건물 앞 도로에 카메라가 설치되어 있어서 두 남자의 신원을 확보할 수 있었습니다. 지금 오 팀장님이 우리 팀원과 함께 둘의 행방을 쫓고 있습니다. 그래서 제가 여기로 나오게 된 거고요."

선생님이 턱을 만지작거렸다.

"여기에서 발견된 게 있다고 들었습니다."

그 말을 들은 권 형사가 "그게……." 하면서 재킷 주머니에서 종이 한 장을 꺼냈다.

성탄제

오장환

산 밑까지 내려온 어두운 숲에
몰이꾼의 날카로운 소리는 들려오고,
쫓기는 사슴이
눈 위에 흘린 따뜻한 핏방울.

골짜기와 비탈을 따라 내리며
넓은 언덕에
밤 이슥히 횃불은 꺼지지 않는다.

뭇짐승들의 등 뒤를 쫓아
며칠씩 산속에 잠자는 포수와 사냥개,
나어린 사슴은 보았다.

오늘도 몰이꾼이 메고 오는
표범과 늑대.

어미의 상처를 입에 대고 핥으며
어린 사슴이 생각하는 것
그는
어두운 골짝에 밤에도 잠들 줄 모르며 솟는 샘과
깊은 골을 넘어 눈 속에 하얀 꽃 피는 약초.

아슬한 참으로 아슬한 곳에서 쇠북 소리 울린다.
죽은 이로 하여금
죽는 이를 묻게 하라.

길이 돌아가는 사슴의
두 뺨에는
맑은 이슬이 내리고
눈 위엔 아직도 따뜻한 핏방울…….

"저기 책상 위에서 발견했습니다."

권 형사가 전공 서적 두 권과 펼쳐진 성경책, 몇 가지 필기구와 기초화장품 몇 개가 놓인 책상을 가리켰다.

"여기 이 부분은 어떻게 된 겁니까?"

선생님이 '죽은 이로 하여금/ 죽는 이를 묻게 하라' 구절을 가리켰다. 그 문장에만 붉은 펜으로 줄이 그어져 있었다.

"저희가 발견할 때부터 밑줄이 있었습니다. 뭔가 중요한 부분일까 싶어서 살펴봤지만, 이런 건 저희 능력 밖이라서요. 그래서 오 팀장님이 셜록 탐정님께 연락하신 겁니다. 이쪽 방면에서는 최고라며 저더러 최대한 협조하라고 당부하셨고요. 이전에도 도움을 많이 받았다고 하셨습니다."

선생님이 가볍게 고개를 끄덕이고는 책상 앞으로 다가가 책상 위에 놓인 필기구를 살펴보았다.

"완승 군, 이리 와서 자네가 한 번 봐 보게. 밑줄 친 펜이 여기 이 펜과 같은지 말이야."

그러면서 선생님은 책상 위에 놓인 성경책 쪽으로 시선을 돌려 펼쳐진 페이지 앞뒤 몇 장을 들춰 보았다.

"선생님, 이 펜은 아닌 것 같습니다."

내 대꾸에 선생님은 여전히 성경책에 눈을 고정한 채로 말했다.

"내가 보기에도 그렇네. 그렇다면 틀림없겠군, 저건."

선생님이 권 형사 쪽으로 시선을 돌렸다.

"다른 사람이 그은 겁니다."

"그렇지만 송연재 씨가 여기에 없는 펜으로 그은 것일 수도 있지 않습니까?"

권 형사가 의아한 표정으로 물었다.

"여기를 보시지요."

선생님이 펼쳐진 성경책을 손가락으로 짚었다. 거기에도 줄이 그어져 있었다. 하지만 시에서 쓰인 것과 다른 펜으로 그은 것이 틀림없었다. 얇은 형광펜으로 그은 것이었는데, 이것은 책상에 놓인 형광펜의 두께와 일치했다.

"책상에 놓인 펜과 같은 걸로 봐서 이 밑줄은 송연재 씨가 직접 그은 것으로 보입니다. 물론 펜의 지문은 차후에 권 형사님께서 확인해 주실 거라 믿습니다. 그러면 조금 더 확실해지겠지요."

"네, 그건 염려 마십시오. 그나저나."

권 형사가 시와 성경책을 번갈아 보며 말했다.

"시에서 줄 그어진 부분과 성경책에 밑줄 친 부분이 비슷한 느낌이 드는군요."

"아, 읽어 보셨군요."

선생님이 손가락을 튕기며 반색했다.

"작품 속 구절이 성경을 인용한 것이기 때문입니다. '예수께서 이르시되 죽은 자들이 그들의 죽은 자들을 장사하게 하고 너는 나를 따르라 하시니라' 마태복음 8장 22절이죠. 제 생각에 송연재 씨는 누군가로부터 이 시를 건네받은 것으로 보입니다. 그리고 밑줄 그은 부분을 해독하기 위해 성경책을 찾았죠. 이것이 성경 구절이라는 사실을 아는 걸 보면 송연재 씨는 독실한 기독교인인 것으로 보입니다. 그리고 이 시를 건네준 사람은 그 사실을 잘 알고 있는 사람이고요."

"네, 송연재 씨가 독실한 기독교인이라는 것은 신고한 친구로부터 확인한 사실입니다. 교회 친구라고 하더라고요."

수사에 착수한 지 얼마 되지도 않았을 텐데 꽤 많은 정보를 입수해 놓고 있었다. 이 권경찬이라는 형사, 부지런한걸. 과연 발로 뛰며 수사한다는 오경철 팀장의 수사 철학을 이어받은 직속 후배다웠다.

"누구한테서 받았을까요?"

"아직 알 수 없지만, 곧 알아내겠습니다. 최대한 이른 시일 내에요. 그나저나."

그러고는 선생님이 턱을 쓸어내리며 물었다.

"사망하셨다는 송연재 씨 모친 성함을 알 수 있을까요?"

권 형사가 고개를 갸우뚱거리며 이름을 가르쳐 주었다.

"그런데 그건 왜……."

선생님이 손바닥을 맞부딪쳐 딱, 하는 소리를 냈다.

"제 수사에 꼭 필요한 정보입니다."

그런 다음 나에게 다가와 속삭이듯 말했다.

"양 검사를 한번 만나야겠네. 커피나 한잔하러 사무실에 들르라고 전해 주게."

"오랜만이네요, 여기. 한 번은 다시 와야지 했는데……."

수혁이 커피를 받으며 말했다.

"시간 참 빠르다, 그렇죠?"

내가 답하자 수혁이 "그러게요." 하면서 웃었다.

악덕 사채업자 양덕출의 아들이자 양덕출의 장부를 훔쳐 피해자들을 구원한 수혁이 그의 목표대로 검사가 되었다는 사실은 진작부터 알고 있었다. 그러나 검사가 됨으로써 아버지에게 죗값을 치르게 하겠다는 그의 궁극적인 목표는 결국 이루지 못하게 되었다. 양덕출이 갑작스럽게 사망했기 때문이다.

"그래, 일은 계획대로 잘 처리되고 있는 건가?"

책장 쪽에서 무언가를 찾던 선생님이 자리에 앉으며 물

었다.

"지금 하나둘씩 정리하고 있는데 완전히 마무리되기까지는 시간이 걸릴 것 같습니다."

양덕출의 사망으로 이후 일당들은 여러 패거리로 나뉘어 주도권을 차지하기 위한 다툼을 벌이기 시작했다. 이에 수혁이 직접 나서서 MH저축은행 내 불법 자금 리스트를 확보하고 이를 활용하여 잔당을 잡아들일 작업을 하고 있었다.

"생각보다 쉽지 않네요."

수혁이 커피잔을 내려놓으며 쓴웃음을 짓자, 선생님이 손바닥을 비비면서 말했다.

"그렇겠지, 그렇게 바쁜 와중에 피해자들까지 챙기려면 말이야."

그러자 수혁이 놀란 눈으로 선생님을 빤히 쳐다보았다.

"아, 그렇게 보지 말게. 우연히 알게 되었을 뿐이야."

선생님이 테이블 위에 시집 한 권을 놓았다. 오장환의 『병든 서울』이었다.

"「성탄제」라는 시, 아마 잘 알 걸세. 그리고."

선생님은 왼쪽 검지로 관자놀이를 매만졌다.

"송연재 씨도."

"하아! 무슨 말씀이세요, 탐정님. 저 시 같은 거 잘 모르는 거 아시잖습니까. 송연재도 누구인지 모르고요."

수혁이 손을 저으며 부정했지만 그 모습이 몹시 어색했다.

"그렇게 말할 줄 알았네."

선생님이 시집을 들고 「성탄제」를 펼쳤다.

"내가 나름대로 해독을 해 보겠네. 자세한 이야기는 해독한 후에 나누자고. 듣고 있다가 혹시 문제가 있거나 다른 의견이 있으면 이야기해 주게."

선생님의 오른손 검지가 1연을 짚었다.

"여기는 '몰이꾼'에게 쫓기는 '사슴'이 등장하네. '핏방울'을 흘렸다고 했으니 상처를 입었음이 틀림없네. 2연을 보면 몰이꾼의 추적이 밤늦게까지 이어지고 있음을 알 수 있네. '횃불은 꺼지지 않는다'를 통해 확실히 알 수 있지. 3연에서 몰이꾼의 정체가 드러나네. 바로 '포수'와 '사냥개'지. 이들은 먹이사슬의 정점이야. 육식동물인 '표범'이나 '늑대'도 이들에게는 사냥감에 불과하다네."

수혁은 초조한 듯 손톱의 거스러미를 뜯었다.

잠시 숨을 고른 선생님이 시 해독을 계속했다. 4연의 '어미의 상처'라는 시어는 1연의 '핏방울'이 어미 사슴으로부터 나온 것임을 말해 준다. 어린 사슴은 '잠들 줄 모르며 솟는 샘'과 '약초'를 생각한다. 샘과 약초. 이것은 어미의 치유를 바라는 어린 사슴의 꿈이라고 생각할 수 있다. 이때 '쇠북 소리'가 울린다. 그런 후에 제시되는 묵직한 한마디.

"'죽은 이로 하여금/ 죽는 이를 묻게 하라'라는 말. 수혁 군, 이게 무슨 의미인지는 아주 잘 알고 있을 걸세. 자기 부모의 장사를 지낸 후 따라가겠다던 제자에게 예수가 던진 '죽은 자들이 그들의 죽은 자들을 장사하게 하고 너는 나를 따르라.'라는 마태복음 8장 22절을 변용한 것이지. 이걸 일상의 언어로 바꿔서 해독해 본다면, 어미의 죽음은 잊고 새 삶을 찾으라는 말로 읽히네. 이건 송연재 씨에게 자네가 해 주고 싶은, 아니 해야 할 말이었겠지. 안 그런가?"

선생님이 시집을 덮어 수혁에게 건네주었다. 시집을 받아 든 수혁은 고개를 숙이고 한참을 가만히 앉아 있더니 크게 한 숨을 내쉰 후 입을 열었다.

"그때 제가 드린 장부, 기억하시죠?"

수혁은 양덕출의 사무실 금고에서 빼돌린 양덕출의 고객 장부와 현금을 선생님에게 맡긴 바가 있었다. 장부는 사무소에 보관되어 있고, 그때 받은 현금은 선생님이 직접 HJ그룹의 장학재단에 기부했다. 물론 익명으로.

"지금에서야 말씀드리는 거지만 탐정님께 건네드리기 전, 장부에 적힌 피해자 리스트를 따로 정리해 두었습니다. 나중에 어떻게든 보상을 해 주고 싶었거든요. 구체적으로 어떻게 보상할지는 모르겠지만, 어쨌거나 제가 평생 짊어지고 가야 하는 부채라고 생각합니다. 고작 탐정님께 넘겨드리는 걸로 '모든 게 끝났다.'라고 해 버리는 건 아니라는 생각이 들었죠."

선생님이 커피 한 모금을 마시며 수혁의 다음 말을 기다렸다.

"봉사 활동을 하던 교회의 목사님으로부터 연재의 사정을 들었습니다. 어머니의 사채를 떠안게 되었다고요. 신자가 어린 나이에 그런 처지에 놓이니 답답하고 안타까운 마음에 저에게 털어놓으신 거죠. 법적으로 도울 방법을 이래저래 알아봤습니다만 당장 해결하기는 힘들겠더라고요. 저도 한창 바빴고. 어쩔 수 없다고 생각하는 찰나였는데, 번뜩 드는 생각이 있어서 피해자 리스트를 살펴봤습니다."

"혹시 MH저축은행의……."

내 말에 수혁이 고개를 끄덕였다.

"네, 연재 어머니가 쓴 사채는 MH저축은행 것이었습니다. 이걸 알고 나니 가만히 있을 수 없었습니다. 특히나 아버지의 사망 후 잔당들이 어떤 일을 벌일지 예측조차 힘든 상황이라 연재의 안전도 확신하기 힘들었습니다."

"그래서 송연재 씨를 사라지게 한 거였군."

선생님의 말에 수혁이 뒤통수를 두세 번 쓸어내렸다.

"목사님께 부탁드려 「성탄제」에 밑줄을 그어 연재에게 건넸습니다. 선박 티켓도 함께요. 성경을 잘 알고 있는 연재는 밑줄 친 부분이 마태복음을 변용한 거라는 걸 금방 알아챌 테고, 제 의도도 쉽게 파악하리라 생각했습니다. 말씀하신 대로 '죽은 이로 하여금/ 죽는 이를 묻게 하라'는 마태복음 8장 22절을 변용한 겁니다. 그리고 이어지는 23절은 '배에 오르시매 제자들이 따랐더니'로 시작합니다. 이걸 통해 어머니의 빚에서 벗어나 새 삶을 살고 싶다면 배를 타라는 메시지를 전하려고 한 겁니다."

수혁이 진행하고 있는 양덕출의 잔당에 대한 검거가 성공적으로 마무리된다면 자연스럽게 송연재의 부채 문제도 해결될 수 있었다. 하지만 수혁 생각에 문제는 시간이었다. 이들을 완전히 처단하기 위해서는 아무래도 시간이 필요한데 그렇게 놔두자니 연재에게 미칠 또 다른 화를 예측하기 어려웠다. 이런 이유로 수혁은 자기가 사건을 완전히 해결할 때까지 송연재를 육지와 왕래가 드문 섬마을로 몰래 이주시키는 방안을 생각해 낸 것이다. 갑자기 세상에서 완전히 사라짐으로써 시간을 버는 작전이었다. 교회와 결연한 섬마을로 봉사를 다녀온 경험이 있던 터라 연재로서도 이 계획에 동조하는 데에 거

부감이 적으리라는 확신이 있었다고 했다.

"완벽하게 숨겼다고 생각했는데, 탐정님께서 관여하실 줄은 몰랐네요. 탐정님은 못 속이겠어요."

"아닐세, 자네가 피해자 리스트를 만들어 둔 건 정말이지 전혀 몰랐다네."

선생님이 몸을 뒤로 빼고 소파에 등을 기대며 미소를 지었다.

"경찰에 알리실 생각입니까?"

수혁이 묻자 선생님이 턱을 몇 번 문지른 후 부드럽게 말했다.

"자네도 알다시피 나는 형사가 아니라네. 내가 정의라고 생각하는 방향으로 수사를 진행할 수도 있고, 진실을 밝힐 필요가 없다는 판단이 들면 굳이 밝히지 않아도 될 자유도 가지고 있다는 말이야. 내 판단에 이번 사건은 자네 계획대로 실종으로 처리하는 게 결과적으로 이득이라는 생각이 드네. 송연재 씨 실종 사건 덕분에 고시원에 찾아온 일당에 대한 오경철 팀장의 추적이 시작됐지. 이제 그쪽은 경찰력에 맡길 수 있게 됐고 자네는 지금 진행하고 있는 일에 조금 더 집중할 수 있게 되었네. 진실을 숨겨 두는 것이 좀 더 정의로운 결과가 나올 것 같다는 생각이 들기도 하고 말이야."

그런 뒤 커피 한 모금을 마시고는 아, 하는 탄성을 살짝 뱉고 나서 말을 이었다.

"살짝 기시감이 드는데, 혹시 지난번에도 내가 자네에게 이것과 비슷한 말을 했던가?"

가만히 고개를 끄덕이고 있는 수혁의 입가에 살짝 미소가 번졌다.

11월 말부터 이른 눈이 내리기 시작하더니 이번 달에는 눈이 더 잦아졌다. 일기 예보로는 오후부터 눈이 내릴 예정이라고 했는데, 성미 급한 눈송이들은 이미 땅으로의 유영을 시작하고 있었다. 며칠째 내린 눈이 거리마다 소복이 쌓여 연말 분위기를 물씬 풍겼다. 사무소에 울리는 크리스마스 재즈에 귀를 기울이며 나는 입구 쪽에 쌓인 눈을 쓸었다. 오늘 사무소를 방문할 손님을 맞이할 준비를 해야 했기 때문이다. 이번 달 초를 기점으로 양덕출 불법 자금 관련자들을 모두 기소함으로써 부친과 관련한 사건이 일단락된 걸 기념하여 수혁이 사무소를 방문할 예정이었다.

마침 저 멀리서 수혁으로 보이는 남성이 시야에 들어왔다.

"선생님, 온 것 같습니다!"

내 목소리를 들은 선생님이 출입구 바깥으로 나와 섰다.

멀리서 수혁이 우리를 향해 반갑게 손을 흔들었다. 옆에서 나란히 걷던 여성도 걸음을 멈추고 꾸벅 고개를 숙였다.

선생님은 흐뭇한 표정으로 그 모습을 지켜보았다.

"어찌 되었든 저 둘은 '죽은 이로 하여금/ 죽는 이를 묻게' 하는 데 성공한 것 같군. 「성탄제」의 구절이라네. 기억하고 있지, 완승 군?"

시선을 수혁과 연재 쪽으로 고정한 채 나에게 물었다.

"네, 마태복음 8장 22절이었죠?"

선생님 곁에 서서 빗자루에 몸을 기댄 채 둘의 모습을 바라보며 내가 대답했다.

"기억하고 있군. 혹시 그거 아나? 이어지는 23절부터는 다른 이야기가 이어진다네. 예수와 함께 배를 탄 제자들이 심한 풍랑으로 고통스러워하지. 그러자 자고 있던 예수가 일어나 바다를 꾸짖어 파도를 잠재웠다는 이야기일세."

"기적 같은 장면이군요."

선생님이 턱짓으로 이쪽으로 다가오는 두 사람을 가리켰다.

"그렇지? 저 둘처럼 말이야."

그랬다. 지금 내 눈앞에는 가해자의 아들과 피해자의 딸이 손을 맞잡은, 마치 기적과 같은 장면이 펼쳐지고 있었다. 나는 성글게 내려앉는 눈 사이로 보이는 아름다운 두 사람을 가만히 지켜보며, 앞으로 둘에게 펼쳐질 삶은 성탄절같이 행복하기를 기도하는 마음으로 크게 손을 흔들어 주었다.

4화.

금이 될 테지

「꽃을 위한 서시」, 김춘수 / 「길」, 윤동주

금이 될 테지

"선생님, 아직이신가요? 약속 시간 다 되어 갑니다."

완승이 휴대전화에 대고 다급한 목소리로 물었다. 완승이 말한 약속이란 시 탐정 사무소에서 주기적으로 참여하는 관계 회복 프로그램 신청자가 방문하기로 한 일을 말하는 것이다.

"갑자기 비가 이렇게나 쏟아질 줄은 몰랐군그래. 제시간에 도착하는 건 무리겠어."

약속을 못 지킨다는 말에 어울리지 않는 평온한 말투였다.

"곧 있으면 도착할 텐데, 어쩌죠?"

"어쩔 수 없지. 자네가 좀 맡아 주게."

"네? 제가요?"

"응, 그렇지 않아도 조만간 이 프로그램을 자네에게 맡기려고 했어. 잘됐지 뭔가. 별문제 없을 걸세. 그럼 부탁하네."

완승이 채 대답도 하기도 전에 전화가 끊겼다.

애초부터 이럴 생각이었던 걸까. 완승으로서는 그렇지 않아도 밀려드는 사건 의뢰로 바쁜 나날을 보내고 있는 설록이 관계 회복 프로그램 봉사만은 꾸준히 참여하는 이유를 알 수 없었다. 설록은 "결국 우리 사무소 홍보가 될 것 아닌가."라고 말해 왔지만, 그가 사무소 홍보에는 관심이 털끝만큼도 없다는 걸 아는 완승은 그건 어디까지나 핑계에 불과하다는 걸 진작 알고 있었다. 오늘에서야 비로소 완승은 이 프로그램을 통해 자기를 더 성장시키겠다는 설록의 의도를 눈치챈 것이다.

시의 주최로 격월로 운영되는 관계 회복 프로그램은 이렇게 운영된다. 신청자는 관계 회복을 원하는 사람과 관련된 시 한 편을 짤막한 사연과 함께 프로그램 주최 부서로 보낸다. 담당자는 사연의 진정성이나 초청에 응할 수 있는지 등을 고려하여 선별한 사연을 설록에게 보낸다. 그러면 설록은 신청자가 관계를 회복하고 싶어 하는 사람을 사무소로 초청하여 대화를 나누며 둘의 관계 회복을 돕는다. 신청자가 직접 대상자를 만나는 게 아니라 제삼자인 설록이 신청자를 대변하는 방식은 생각보다 효과가 좋았다. 완승도 이 프로그램이 주민들에게 꽤 큰 호응을 얻고 있다는, 그래서 신청자가 점점 늘고 있다는 소식을 프로그램 담당 과장에게서 들은 적이 있었다.

"「꽃을 위한 서시」라……."

커피를 내리면서 따뜻한 차 한 잔을 같이 우려낸 후 응접실 소파에 앉으며 완승이 중얼거렸다. 갑작스럽게 이 프로그램을 맡아 버렸지만 크게 긴장되지는 않았다. 설록과 함께 미리 사연을 검토했기 때문이다. 게다가 완승은 이미 설록이 자리를 비웠을 때 찾아온 의뢰인의 고민을 해결한 경험도 있지 않은가. 이 모두가 설록이 그린 큰 그림이었는지는 모르지만.

일반적으로 존재에 관한 탐구를 다룬 시로 널리 알려진 김춘수 시인의 「꽃을 위한 서시」를 관계 회복 프로그램에서 보게 될 줄은 완승은 생각지도 못했다. 처음 선정 결과를 받아 든 완승이 의외라는 반응을 보이자, 설록은 이렇게 말했었다.

"작가의 손을 떠나는 순간 작품은 더 이상 작가의 것이 아닐세. 작품을 받아들이는 건 독자의 몫이지. 작품을 통해 전하고자 했던 시인의 의도도 분명 중요하지만, 시라는 건 어디까지나 해석의 영역이라는 게 있는 거니까 말이야."

'맞아, 이 신청자는 김춘수 시인의 의도와는 관계없이 이 작품을…….' 하고 완승이 생각하고 있는 그때 딩동, 하고 초인종이 울렸다.

출입문에는 폭우로 온몸이 젖은 소년이 서 있었다. 오른손에 들고 있는 큰 우산도 비를 막는 데는 그다지 도움이 되지는 못한 듯했다. 완승이 미리 준비해 둔 수건을 건네자, 소년은 말없이 꾸벅 고개를 숙이고는 수건을 받아 몸을 닦았다.

"안형석 군 맞죠? 얼른 들어와요."

완승은 소년을 응접실로 안내하고는 차를 데워 새 수건과 함께 소년의 앞에 놓았다. 소년은 다시 한번 고개를 꾸벅 숙였다.

"일단 따뜻한 차 한 잔 들어요."

형석은 갓 변성기가 지난 목소리로 "네."라고 대답하고는 두 손으로 찻잔을 쥐었다.

다소 마른 체형, 180㎝는 되어 보이는 큰 키에 길쭉길쭉한 팔다리. 하지만 어딘가 미숙하고 불균형해 보인다. 코밑에 솜털이 제법 거뭇거뭇한 것이나 드문드문 나 있는 여드름과 흉터. 뭐랄까, 하루하루 달라지는 자기 몸에 한창 적응 중인 사춘기 소년의 전형적인 모습이랄까.

"어머니로부터 프로그램에 관해 말씀을 전해 들었죠?"

완승의 말에 형석은 말없이 고개를 끄덕였다. 형석의 어머니가 이번 프로그램의 신청자였다. 가방에서 주섬주섬 꺼낸 아이패드의 노트 앱을 켜고 애플펜슬을 드는 형석을 보며 요즘 아이들은 다들 저걸 쓰나 보네, 하고 완승은 생각했다.

"프로그램에 대해 들었다면 어떻게 진행되는지는 알고 있을 것 같으니 바로 시작할게요. 사전에 어머니에게 시 한 편을 받았어요."

완승이 시가 적힌 종이 한 장을 테이블 위에 꺼내 보였다. 정갈한 손 글씨로 적힌 「꽃을 위한 서시」였다. 형석이 고개를 내밀어 눈으로 시를 읽었다.

"어때요? 시를 이해하겠어요?"

형석은 천천히 고개를 저었다.

"잘…… 모르겠어요, 지금은."

"그렇다면."

완승이 자세를 고쳐 앉았다.

"내가 도와줄 수 있을 거예요. 여기에 담긴 어머니의 마음을 읽어서 형석 군에게 말해 줄 거예요. 그러면 형석 군이 그것에 대한 생각을 남겨 주면 됩니다. 편지를 써도 좋고, 어머니께 전할 말을 내게 해 줘도 좋아요."

"네, 근데 사진을 좀……."

형석은 아이패드를 들고 테이블 위에 놓인 종이를 향해 사진을 찍는 시늉을 했다. 아, 사진을 찍어서 필기하려는 거구나. 완승은 마음껏 찍으라는 듯 손짓을 했다. 반응이 좀 무뚝뚝하긴 하지만 처음 방문한 공간, 처음 만난 사람이 낯설 텐데도 이 정도 적극성이면 나쁘지 않다.

“내가 먼저 이 시를 읽어 줄 거예요. 시를 눈으로 볼 때와 귀로 들을 때 느낌은 확연히 다르거든요. 형석 군이 시적 의미를 이해하는 데 제 낭독이 도움이 되면 좋겠네요.”

말을 마친 완승은 천천히 시를 낭독하기 시작했다.

꽃을 위한 서시

김춘수

나는 시방 위험한 짐승이다.
나의 손이 닿으면 너는
미지의 까마득한 어둠이 된다.

존재의 흔들리는 가지 끝에서
너는 이름도 없이 피었다 진다.
눈시울에 젖어드는 이 무명의 어둠에
추억의 한 접시 불을 밝히고
나는 한밤내 운다.

나의 울음은 차츰 아닌 밤 돌개바람이 되어
탑을 흔들다가
돌에까지 스미면 금(金)이 될 것이다.

……얼굴을 가리운 나의 신부(新婦)여,

형석은 여전히 알 수 없는 표정을 지은 채 아이패드 화면을 바라보고 있었다. 어땠냐는 완승의 물음에 형석은 "음……." 하는 소리와 함께 고개를 갸우뚱했다. 그러고 조금 시간이 지나자 더듬더듬 자기 생각을 말하기 시작했다.

"'울음', '운다' 같은 말이 있으니까 뭔가 슬픔이 느껴져요."

"인상적인 다른 표현은 없나요?"

완승의 물음에 한참 생각하던 형석이 대답했다.

"'위험한 짐승'이요. 이 시는……, 엄마가 골랐다고 했으니까, 그러면 '나'는 엄마일 거잖아요. 엄마가 왜 자기 자신을 위험한 짐승이라고 하는 거지? 이런 생각이 들어요."

완승은 잘하고 있다는 듯 옅은 미소를 지으며 고개를 끄덕였다. 아닌 게 아니라 이렇게 형석처럼 시에 관한 인상이나 나름의 감상을 어떻게든 풀어내 주면 프로그램을 진행하는 데 도움이 된다. 완승은 손으로 더 이야기해 보라는 제스처를 취하며 형석을 격려했다. 잠시 생각에 잠긴 듯 머뭇거리던 형석이 "여기……." 하면서 다시 입을 뗐다.

"1연에서 '나의 손이 닿으면 너는/ 미지의 까마득한 어둠이 된다'라는 부분도……, '나'가 엄마라면 '너'는 제가 되는 걸 텐데. 엄마의 손이 닿으면 제가 '어둠'이 된다는 것도 이해가 안 돼요."

"평소 어머니랑 관계가 안 좋았나요?"

완승이 곧장 손을 저었다.

"아, 오해하지는 말고요. 이 프로그램 목적이 관계 회복이다 보니 별다른 의도 없이 질문하는 거예요."

조심스럽게 묻는 완승의 말에 형석은 고개를 저었다.

"저는 괜찮아요. 엄마는 뭔가 문제를 느끼고 있는 것 같지만."

"어떤 문제요?"

"글쎄요."

형석이 머리를 긁적였다.

"아마 제가 달라진 것 때문이 아닐까요?"

"어떤 면이 달라졌을까요?"

형석은 난감한 표정을 지은 채 오른손 검지로 뺨을 몇 번 긁었다.

“제가 예전보다 말수가 없어졌어요. 요즘 들어 엄마랑 대화를 거의 안 했거든요. 엄마가 싫어서 그러는 건 아니고요. 그냥 귀찮아서…….”

“그냥 귀찮아서 엄마랑 말을 하지 않는다?”

그러자 형석이 당황한 듯한 표정을 지었다.

“아뇨. 말이 이상하게 나왔는데 귀찮아서가 아니라, 아, 이걸 뭐라고 말해야 하지?”

형석은 자신의 감정을 표현할 적확한 단어가 떠오르지 않아 답답해하는 눈치였다.

“엄마한테 이것저것 말할 나이는 지난 것 아닌가 하는 생각 때문에?”

도움을 줄 요량으로 툭 던진 완승의 말에 형식은 천천히 고개를 주억이는 것으로 반응했다.

“비, 비슷한 것 같아요.”

완승이 자세를 고쳐 앉았다.

“말해 줘서 고마워요. 지금부터 철저하게 형석 군의 어머니 입장에서 시를 풀어낼 거예요. 준비됐나요?”

형석이 애플펜슬을 꽉 쥔 채 고개를 끄덕였다.

"형석 군이 생각한 대로 '나'를 어머니라고 하죠. '너'는 형석 군이고요. '미지의 까마득한 어둠'은 '나', 즉 어머니가 알 수 없는 영역이에요. 그렇다면 '나의 손이 닿으면 너는/ 미지의 까마득한 어둠이 된다'는 것은 '내가 알려고 하면 할수록 아들은 더 알 수 없게 되어 버린다.'라고 생각하는 어머니의 마음이 반영된 것이라고 볼 수 있겠죠. 본인이 알려고 할수록 더 멀어진다, 이런 이유로 자기 자신을 '위험한 짐승'이라 여긴 거겠죠."

형석은 아이패드에 쓴 '위험한 짐승' 주위에 반복해서 동그라미를 그렸다.

"2연에서는 형석 군이 슬퍼 보인다고 했던 시어 '운다'에 주목해 보죠. '나'는 '무명의 어둠'에 '불을 밝히고' '한밤내' 울어요. 무명의 어둠이란 '너', 즉 형석 군에 대해서 모르는 상태를 말한다고 했었고, '불'은 어둠을 밝히는 존재죠. 따라서 어둠에 불을 밝힌다는 것은 형석 군의 어머니가 예전과 달라진 아들에 대해 알기 위해서 애를 쓰는 행위로 볼 수 있죠."

"그러면 여기 '운다'라는 건……, 그 과정이 그만큼 어렵다는 걸 의미하는 건가요?"

형석의 물음에 완승이 어깨를 살짝 들어 올렸다 내렸다.

"그럴 수도 있지만 나는 여기의 울음을 그렇게 단순하게 생각해서는 안 된다고 봐요. 형석 군이 말한 것처럼 울음은 슬픔일 수도 있고 힘든 과정을 겪는 고통인 것은 분명해요. 하지만 그것보다 더 중요한 게 있죠."

완승은 3연을 짚으며 말했다.

"'나의 울음'은 결국 '금이 될 것이다'라는 거예요."

형석은 알아들었다는 듯이 고개를 끄덕이며 패드에 무언가를 적고는 그걸 보면서 말했다.

"방금 '울음'은 저를 알기 위한 엄마의 노력이라고 하셨는데, 이것이 '금'이 된다는 건…… 결국에는 모든 게 잘 해결될 거라고 생각한다는 말인 거죠?"

"오, 맞습니다. 형석 군 어머니는 그렇게 믿고 계신 것 같군요. 비록 아직은 형석 군이 '얼굴을 가리운' 것처럼 보이지만 말이죠."

완승이 미소를 지으며 형석을 바라보았다. 마침 고개를 들었다가 완승과 눈이 마주친 형석은 쑥스러운 듯 황망히 화면으로 다시 시선을 돌렸다. 완승은 부드러운 시선으로 형석을 바라보며 말했다.

"형석 군의 어머니는 아마도 사춘기 아들에게 불어닥친 변화의 바람에 아직 적응하지 못하신 걸로 보여요. 최근 형석 군과 소원해졌다고 생각한 것도 이거랑 관련 있을 거예요. 몸은 몰라보게 성장했고 예전과 달리 부쩍 무뚝뚝해진 아들에게 적응하기가 힘들었겠죠. 먼저 다가가려고 해도 쉽지 않았을 겁니다. '나의 손이 닿으면 너는/ 미지의 까마득한 어둠이 된다'라고 여기고 있으니까요. 그래도 다행인 건, 다가가는 걸 포기하지 않았다는 거예요. 이 프로그램을 신청하신 걸 보면 확신할 수 있죠."

그 말에 형석은 고개를 숙인 채 한참을 아무 말 없이 앉아 있었다.

"그래서, 그 친구가 어제 이걸 남기고 갔다고?"

내게서 건네받은 시 한 편을 들고 선생님이 말했다. 다른 손에는 커피잔을 쥔 채였다.

"네, 엄마 마음은 잘 알겠는데 직접 말하기는 왠지 쑥스럽다고 이걸 대신 전해 달래요."

"다른 얘기는 없고?"

내가 고개를 저었다.

"별다른 설명 없이 「꽃을 위한 서시」만 읽고 제가 자기 어머니 마음을 읽어 낼 수 있다는 걸 확인했으니, 이 시를 읽고 자기 마음을 알아내는 건 일도 아닐 거라고 하더군요. 똘똘한 건지, 당돌한 건지."

"사춘기 소년의 넘치는 자의식을 무시하지 말라고."

선생님이 크게 웃었다. 그러고는 손에 쥔 종이를 테이블 위에 놓고 커피 한 모금을 마시고 나서 말을 이었다.

"자, 슬슬 마무리할 때가 된 것 같네. 신청자분을 사무소로 모셔 보세."

며칠 후 신청자 안혜정 씨가 사무소로 방문했다. 혜정은 40대 후반 정도로 보이는 깔끔한 인상의 여성이었다. 전체적인 이목구비와 풍기는 분위기가 형석과 매우 닮았다. 170㎝는 되어 보이는 키 역시도 형석에게 영향을 주었을 것이다. 인테리어 회사에서 디자이너로 일하는 혜정은 새로 받은 의뢰 때문에 한창 바쁜 시기였지만, 아들의 답을 듣기 위해 급히 일정을 조율했다고 했다.

선생님은 혜정을 자리에 안내하고서는 관계 회복 프로그램이나 그녀의 직장에 관한 이야기 등과 같은 가벼운 잡담을 나누었다. 혜정의 직업이 직업인지라 짧은 시간 동안 사무소의 인테리어와 관련된 다양한 얘기가 오갔다.

커피 한 모금을 마신 혜정이 커피잔을 테이블 위에 놓자 선생님이 설명을 시작했다.

"이미 완승 군에게서 말씀은 들으셨겠지요. 아드님을 여기로 초청하여 안혜정 님이 주신 시와 메시지를 전했습니다. 아드님이 대답 대신 시 한 편을 남기고 갔다더군요. 이런 반응은 흔하지 않은데, 아주 똑똑한 아드님을 두셨습니다."

"그냥 말로 했으면 될 일을. 번거롭게 해드려서 죄송해요. 한창 사춘기라 좀 제멋대로일 때가 있어요."

혜정이 겸연쩍어하자, 선생님이 부드러운 미소로 답했다.

"제멋대로라기보다는 아마 직접 말하기 쑥스러워서 그랬던 모양입니다. 저희는 상관없습니다. 시를 해독하는 게 우리 일 아닙니까. 이런 일에는 익숙하답니다."

그러고는 나에게 시선을 돌려 테이블 쪽으로 눈짓했다. 나는 윤동주의 『하늘과 바람과 별과 시』를 꺼내어 테이블 위에 올려두고는 말했다.

"형석 군은 엄마에게 하고 싶은 말이 윤동주의 「길」에 있다고 제게 말했습니다. 한번 읽어 보시겠습니까?"

내가 윤동주의 「길」이 실린 페이지를 펼쳐서 혜정에게 건넸다. 책을 건네받은 그녀는 그것이 마치 형석이 쓴 시인 양 한참 동안 읽었다. 그러면 아들의 마음을 읽어 낼 수 있으리라 믿는 것처럼.

길

윤동주

잃어버렸습니다.
무얼 어디다 잃었는지 몰라
두 손이 주머니를 더듬어
길에 나아갑니다.

돌과 돌과 돌이 끝없이 연달아
길은 돌담을 끼고 갑니다.

담은 쇠문을 굳게 닫아
길 위에 긴 그림자를 드리우고

길은 아침에서 저녁으로
저녁에서 아침으로 통했습니다.

돌담을 더듬어 눈물짓다
쳐다보면 하늘은 부끄럽게 푸릅니다.

풀 한 포기 없는 이 길을 걷는 것은
담 저쪽에 내가 남아 있는 까닭이고,

내가 사는 것은, 다만,
잃은 것을 찾는 까닭입니다.

"뭘 잃어버렸을까요, 우리 형석이는?"

시집을 돌려주며 혜정이 물었다.

"한마디로 얘기하자면."

선생님이 관자놀이를 매만지며 말을 이었다.

"자아입니다."

"자아…… 요?"

혜정은 이해하지 못했다는 표정으로 선생님의 말을 반복했다.

"네, 자기 자신 말입니다."

선생님이 시집을 펼치고는 설명을 시작했다.

"시 속의 화자는 '길'을 걷고 있습니다. '아침에서 저녁으로/ 저녁에서 아침으로 통'하는, 다시 말해 끝이 없는 길입니다. 이 길을 왜 걷고 있냐면……, 여기 보실까요. '풀 한 포기

없는 이 길을 걷는 것은'."

선생님이 손가락으로 6연과 7연을 두르는 원을 두어 번 그린 후 톡톡 두드렸다.

"'담 저쪽에 내가 남아 있는 까닭', '잃은 것을 찾는 까닭', 어머!"

혜정이 무언가를 깨달았다는 듯 감탄사를 내뱉었다.

"역시, 벌써 이해하셨나 보군요. 「꽃을 위한 서시」로 신청했을 때부터 시를 보는 신청자분의 안목을 알아보았지요. 아무튼, 3연에서 보듯이 '담'은 '쇠문으로 굳게' 닫혀 있는 상황입니다. 그런데도 화자는 담 넘는 걸 포기하지 않고 계속 길을 거닐지요. 찾을 수 있을지 없을지 확신도 없는 상황에서도 자아를 찾는 걸 포기하지 않고 있습니다. 이건……."

선생님은 옅은 미소를 지은 채 턱을 만지작거리며 말을 이었다.

"사춘기 소년의 자아 찾기 과정과 닮아 있지 않습니까?"

무뚝뚝한 표정과 모호한 태도. 그날 형석은 전형적인 사춘기 소년의 모습이었다. 하지만 조금만 생각해 보면 그걸 형석의 진심으로 오해해서는 안 된다는 걸 알 수 있다. 그는 엄마가 신청한 프로그램에 응하기 위해 비가 억수로 쏟아지는 날에 혼자서 사무소로 찾아왔다. 거기에 더해 시 한 편을 건네며 자신의 마음을 표현해 보이기도 했다. 말이 아닌 행동으로 보여 준 것이나. 성장 과성에서 필연적으로 만나는 사춘기라는 길을 묵묵히 걸어가고 있다는 사실을.

"형석이가 아홉 살 때……."

커피잔을 만지작거리며 혜정이 입을 열었다.

"애 아빠가 갑작스럽게 세상을 떠났어요. 혼자 아이를 어떻게 키워야 할지 계속 고민했죠. 아들이라 아빠의 공백이 더 크게 느껴지면 어쩌지, 그래서 잘못 크면 나중에 애 아빠를 어떻게 보나, 하는 생각에 늘 마음 졸였어요."

커피잔을 쥐고 있는 혜정의 손이 가늘게 떨렸다.

"그래도 건실하게 잘 컸던걸요."

내 말에 혜정이 미소를 지었다.

"고맙습니다. 어렸을 때부터 또래 아이들보다 성숙한 면이 있었어요. 애교도 많이 부리고 조잘조잘 쉴 새 없이 말을 걸어 줬죠. 엄마 걱정에 일부러 더 그랬던 거 아니었을까 싶은데, 어쨌든 덕분에 애 아빠의 빈자리를 천천히 잊을 수 있었습니다. 그런데 형석이가 사춘기에 들어서면서부터 달라지기 시작하더라고요. 부쩍 말수도 줄고, 왠지 저랑 거리를 두는 것 같고. 예전처럼 가까이 다가가면 예민하게 굴기도 하고요. 사춘기가 되면 다들 그렇게 된다고 듣긴 했지만, 막상 내 아들이 이러니 잘 받아들여지지 않더라고요."

"제가 육아 전문가는 아니지만……."

선생님이 웃으며 말했다.

"형석 군에게 헤맬 시간을 좀 주시는 게 좋을 것 같습니다."

"헤맬 시간……."

"안혜정 님도 예전과 달라진 아드님의 모습에 당황스러우시겠지만, 가장 당황스러운 사람은 실은 형석 군 본인 아니겠습니까?"

말없이 고개를 끄덕이던 혜정은 매만지던 커피잔을 보며 물었다.

"어떻게 해야 할까요, 저는?"

"곁에서 기다려야겠지요. 굳게 닫힌 문은 누구도 열어 줄 수 없다는 거 잘 아시지 않습니까? 결국 본인이 열어야 하죠. 돌담을 끼고 돌고 있는 아이에게 어른이 해 줄 수 있는 일이란 그저 가만히 지켜보는 수밖엔 없습니다. 안혜정 님이 보내주신 「꽃을 위한 서시」에는 이런 구절이 있었죠. '나의 울음은 차츰 아닌 밤 돌개바람이 되어/ 탑을 흔들다가/ 돌에까지 스미면 금이 될 것이다' 저 역시도 그렇게 생각합니다. 언젠간 금이 될 거라 믿고 기다리는 거지요."

말을 마친 선생님은 커피잔에 남은 커피를 마신 후 혜정을 향해 따뜻한 미소를 지어 보였다.

"이걸로 둘 사이가 더 가까워질까요?"

내 물음에 팔짱을 끼고 출입문에 몸을 기댄 채, 사무소를 나가는 혜정의 뒷모습을 바라보던 선생님이 "글쎄." 하면서 손가락으로 자기 머리를 톡톡 두드렸다.

"뇌 문제니까."

"예?"

"사춘기 말이야, 그 원인을 사회학적으로나 심리학적으로 해석하지만, 내가 볼 때 사춘기는 생리학적 현상이야. 테스토스테론은 과도하게 분비되고 감정을 관장하는 변연계는 폭발적으로 성장하지. 그에 비해 감정 변화를 억제하는 전두엽과 전전두엽의 성장은 더디네. 그러니 그 나이 때 아이들이 충동적이고 감정적인 상태가 되는 거야. 뭐, 달리 어쩌겠나. 잘 겪어나가길 기다리는 수밖에."

그 얘기를 듣고 있자니 피식, 하고 웃음이 났다.

"왜 그러나?"

"아닙니다. 선생님은 참 이성적인 분이시다, 이런 생각이 들어서요."

"그 말, 칭찬은 아닌 거지?"

낯익은 그 말을, 다른 사람이 아닌 선생님이 하는 이 낯선 상황이 재미있어서 우리는 오랜만에 함께 소리 내어 웃었다.

5화.

해바라기 살인 사건

「해바라기의 비명」, 함형수

해바라기 살인 사건

작은 공간을 가득 메우고 있는 물감 냄새가 코를 자극한다. 곳곳에 물감이 묻은 이젤, 바닥에 널브러져 있는 비닐과 수건, 다양한 크기의 붓과 물통 그리고 구석에 아무렇게나 놓여 있는 대용량 물감. 이곳이 화가의 작업실이라는 것을 실감케 한다. 내 키를 훌쩍 넘을 만큼 거대한 캔버스에 담긴 그림들이 방을 빼곡하게 채우고 있다. 모두 해바라기를 그린 그림이다. 캔버스가 다 담지 못할 만큼 크게 그려진 것도 있고 원경으로 바라본 꽃밭을 그린 것도 있다.

선생님은 작업실 오른쪽에 놓인 작품들에 눈을 떼지 못했다. 그림이 꽤 마음이 드는지 허리를 구부정하게 숙인 채 연신 "이야!" 하는 감탄사를 내뱉었다. 이곳이 사건 현장임을 깜빡 잊은 듯 그림 감상에 열을 올렸다. 선명한 색감과 거칠지만 경쾌한 붓질. 확실히 선생님 취향이다.

반면 내게는 그림들이 죄다 비슷비슷하게만 보였던 터라 선생님과 달리 무덤덤했다. 살짝 다른 느낌이라는 생각이 들긴 했지만 확신할 순 없었다. 아니, 어쩌면 다르다고 느낀 것 자체가 그림보다는 그걸 감탄하며 보고 있는 선생님 반응에 영향을 받은 것인지도 모른다. 미술에 조예가 깊은 선생님 수준이라면 몰라도 나 같은 문외한은 알아차리기 힘든 정도의 미묘한 차이가 아닐까.

한참 작업실을 둘러보던 선생님이 다시 그림 쪽으로 시선을 던진 채 말했다.

"완승 군, 우리나라 풍수에서 해바라기 그림에 어떤 의미를 부여하는지 알고 있나?"

물론 알고 있다. 재물운. 그래서 이사 선물로 자주 사용된다는 것, 이 때문에 우리가 해바라기 그림을 쉽게 접할 수 있다는 사실도 익히 알고 있다. 이렇게 대답하자 오른쪽 벽을 가리키며 선생님이 말을 이었다.

"이쪽 그림들은 단순한 선물용 그림이 아닐세. 이 화가 이름이 뭐라고 했지?"

'임다성'. 전날 의뢰인에게 들었던 이름이다. 내 대답을 들은 선생님이 창밖을 바라보며 찌푸린 미간을 만지작거렸다.

"유망한 화가인데 안타깝게 되었군."

의뢰인이 사무소를 방문한 것은 어제 일이었다. 자신을 미술 컬렉터 이호택이라 밝힌 이 남자는 임다성 화가의 죽음에 석연치 않은 부분이 있다면서 우리를 찾아왔다. 그는 사망한 임다성의 후견인으로, 경제적인 부분을 지원함으로써 화가의 작품 활동을 후원해 왔다고 설명했다. 잘 차려입은 고급 슈트와 액세서리, 깔끔하게 정돈한 턱수염이 고급스러운 인상을 주는 남자였다. 아직 젊은데 화가의 후견인으로 활동하고 있는 걸로 봐서 꽤 성공적인 경력을 쌓고 있는 컬렉터임이 틀림없어 보였다.

"경찰 측에서는 자살이라고 했습니다만 제가 생각하기로 그럴 이유가 없습니다."

이호택이 답답한 듯한 표정으로 말을 이었다.

"당장 한 달 후에 첫 개인전이 열릴 예정이었거든요."

설득력 있는 말이다. 곧 있을 전시회를 앞두고 스스로 목숨을 끊었다? 일반적인 상식으로 이해하기 어렵다. 그것도 첫 개인전이라면 더더욱 그렇다.

"경찰도 이 사실을 알고 있겠지요?"

"물론입니다. 이미 진술했으니까요."

말이 이어질수록 의뢰인의 목소리가 더 떨렸다. 약간 흥분한 것 같았다.

"경찰은 타살이라고 볼 여지가 없다고 했습니다. 주변인 조사를 했는데 혐의가 있을 만한 사람이 없다고 합니다. 하지만 그건 다 헛소리예요. 경찰은 임 화가의 작업 노트에서 발견한 시 한 편을 자살의 증거라고 생각하고 있습니다. 그러니까 애초에 다른 가능성은 염두에 두질 않는 거예요."

"시라고요?"

선생님이 소파에 등을 기대며 손깍지를 낀 손을 허벅지 위에 올렸다. 구미가 당기는지 입꼬리가 살짝 올라간 것 같다. 천천히 손을 풀고 이호택을 가리키며 말했다.

"완승 군, 우리 의뢰인에게 마실 것을 좀 가져다드리게. 지금은 커피보다는 물 한 잔이 필요하신 것 같군."

이호택이 내가 내온 물을 달게 마셨다. 흥분이 조금 가라앉은 기색이었다.

"자, 천천히 이야기를 나눠 보시죠."

선생님이 이호택 쪽으로 몸을 당겼다.

"혹시 어떤 시였는지 말해 주실 수 있습니까?"

그가 고개를 끄덕였다.

"네, 함형수의 「해바라기의 비명」입니다."

"아, 기억하고 계시는군요."

"그렇습니다. 좋아하는 시거든요. 임 화가도 좋아했었습니다. 그래서 잘 알고 있지요."

선생님이 내 쪽으로 시선을 던지는 바람에 눈이 마주쳤다. '내가 지금 무슨 말을 하고 싶은지 알겠지, 완승 군?' 하는 눈빛이다.

선생님이 늘 하는 말이 있다. 독자에게 시란 음식과 같다. 누구든 자신에게 맞는 음식에 끌리듯이, 자신에게 맞는 시를 만나면 자연스럽게 끌리게 된다. 시에 자기 삶이 녹아 있다는 사실을 무의식적으로 인지하기 때문이다. 그러므로 한 편의 시를 좋아한다는 것은 그 작품 속에서 자기 자신을 만난다는 것이다. 대부분은 그 이유를 깨닫지 못하고서는 이런 반응을 보인다. '왜 그런지는 모르겠지만 이 작품에 끌려요.' 어쩌면 이런 이들을 위해서 우리 같은 시 탐정이 필요한 게 아닐까.

"완승 군, 『시인 부락』이라는 동인지를 찾아봐 주겠나. 계단 바로 옆 책장 5번째 칸에 꽂혀 있다네. 우리가 필요한 건, 창간호일세."

선생님이 말한 대로 『시인 부락』이라는 낡은 책 중 창간호라 적힌 책을 뽑아 들고 선생님에게 건넸다.

"동인지라면서 두 권밖에는 더 없던데요."

선생님이 책장을 넘기며 말했다.

"두 권이지만 '생명파'의 시작을 알리기에는 충분했지. 중요한 건 권수에 있지 않아. 아, 여기 있군. 이거 받게."

그러고는 고개를 한 번 끄덕였다. 낭독을 요청하는 것이리라.

해바라기의 비명(碑銘)

함형수

나의 무덤 앞에는 그 차가운 비(碑)ㅅ돌을 세우지 말라.

나의 무덤 주위에는 그 노오란 해바라기를 심어 달라.

그리고 해바라기의 긴 줄거리 사이로 끝없는 보리밭을 보여 달라.

노오란 해바라기는 늘 태양같이 태양같이 하던 화려한 나의 사랑이라고 생각하라.

푸른 보리밭 사이로 하늘을 쏘는 노고지리가 있거든 아직도 날아오르는 나의 꿈이라고 생각하라.

이호택이 들고 있던 커피잔을 내려놓고는 놀랍다는 듯 두 팔을 벌려 보였다.

“이거, 대단한데요.”

뒤이어 고개를 몇 번 흔들었다.

“처음에는 갑자기 웬 낭독인가 싶었는데, 듣다 보니 빠져드는군요. 뭐랄까. 여백이 있다고 할까. 제 감정을 투영할 수 있는 공간이 느껴지네요. 오랜만에 시에 빠져든 시간이었습니다. 짧아서 아쉬울 정도네요.”

“가슴으로 읽지 않는 낭독이 이 친구의 장점이죠. 듣는 이로 하여금 작품 자체에 온전히 몰입할 수 있도록 이끌어 주는 낭독이랄까요.”

“그렇군요. 다음 전시회에 낭독을 접목해 볼 수 있겠어요. 좋은 낭독 감사합니다.”

나는 고개를 끄덕이는 걸로 인사에 답했다.

“자, 사건 이야기로 돌아가죠. 경찰에서 이 시를 자살의 근거로 본 건 아무래도, 제목 때문인 것 같습니다만.”

“네, 그렇게 말하더군요. 제목에 비명(碑銘)이 들어가고 ‘청년 화가 L을 위하여’란 부제가 붙어 있다 보니, 일종의 유서로 남긴 게 아니냐는 논리였습니다.”

선생님 미간의 주름이 깊어졌다. 뭔가 석연치 않은 부분이 있다는 뜻일 테다. 그리고 나는 그것이 무엇인지 정확하게 알고 있다. 그건 바로.

"톺아보지 않았군요."

이호택이 무슨 말인지 이해하지 못했다는 듯 의아한 눈빛으로 선생님을 바라보았다. 톺아보다. 험준한 산을 오를 때 틈이 있는 곳마다 모조리 더듬어 뒤지면서 잡을 곳을 찾듯이 제목부터 시어, 시구, 문장부호까지 세세하게 살피는 해독 방식이다. 시어 하나를 허투루 보지 말라는 선생님의 가르침이 집약된 단어랄까.

"제목으로 시를 단정하다니, 여러모로 아쉬운 판단이군요. 담당 형사 이름은 기억하십니까?"

이호택이 지갑에서 무언가를 꺼냈다. 서문서 강력계 연서연 형사의 명함이었다.

"연 형사라……."

연서연 형사라면 현직 형사로는 드물게 시 추리에 진심인 사람이다. 열정에 비해 실력은 영 어설프다는 치명적인 약점이 있긴 하지만, 어쨌든 우리에게 협조적인 편이라 공조를 할 수 있으리라는 판단이 들긴 했다.

관자놀이를 매만지며 선생님이 말했다.

"이 의뢰는 수락하겠습니다. 우린 일단 사건 현장을 살펴

볼 필요가 있겠군요. 곧 연락드리겠습니다. 조금만 기다려 주십시오."

"완승 군, 이 작업실과 「해바라기의 비명」 사이에서 어떤 연관성이 보이지 않나?"

창밖으로 향한 시선을 그대로 유지한 채 선생님이 말했다. 작업실의 주인 임다성이 밖으로 떨어진 창이다.

"살펴보고 있지만 아직 뭘 발견하지는 못했습니다."

내 말을 들은 선생님이 이 작업실에서 제일 큰 캔버스에 그려진 그림 쪽으로 자리를 옮겼다. 그러고는 나를 가까이 불러 세웠다.

"여기 보게."

거대한 해바라기가 서 있는 틈으로 선연한 초록이 펼쳐져 있었다. 해바라기의 강렬한 노랑이 시원하게 펼쳐진 초록빛에 경쾌한 맛을 부여했다. 이 작품에서의 해바라기는 뭐랄까, 화려한 유니폼을 입은 안내원 같다고 할까. 캔버스 중앙에 서서는, 거칠고 자유분방한 붓질로 힘 있게 그려 내려간 초록빛 들판에 자연스럽게 시선이 쏠리도록 유도하고 있었다.

"주인공이 아니군요, 이 해바라기는."

"자네 눈에도 그렇게 보이나? 그리고 여기도 한번 보게."

선생님의 손가락을 따라가자 하늘에 찍힌 자그마한 점이 하나 보였다.

"어때? 이게 뭐로 보이나?"

워낙 작아서 언뜻 보면 실수로 찍힌 것 아닌가 싶었지만 자세히 보니 날개 형상이 보였다.

"이건……."

선생님이 고개를 끄덕였다.

"종달새일 확률이 높지. '푸른 보리밭 사이로 하늘을 쏘는 노고지리가 있거든 아직도 날아오르는 나의 꿈이라고 생각하라'의 노고지리 말일세."

그러고는 다른 작품들을 쭉 둘러보았다.

"비단 이 작품뿐만 아니라 다른 그림도 마찬가질세. 해바라기를 그리고 있으나 주인공은 아니야. 단지 다른 것들을 빛내기 위한 수단으로서만 작용하고 있다네. 해바라기를 위한 그림이 아니지. 반면에 이쪽 그림을 한번 보게."

선생님이 반대편에 놓인 작품 쪽으로 자리를 옮겼다.

"이쪽의 그림들은 해바라기가 주인공이네. 명암과 채도, 위치가 오로지 해바라기를 돋보이게 하는 데 주안점을 두고 있어. 작업 방식은 크게 다르지 않지만 대상을 다루는 방식은 확연히 다르다네."

"과연 그렇군요."

바로 옆에서 들린 말소리에 깜짝 놀라 돌아보니, 연서연 형사가 그림 쪽으로 시선을 고정한 채 고개를 끄덕이고 있었다. 큰 키에 마른 편이지만 탄탄해 보이는 체형, 쇼트커트와 스포티한 옷차림까지. 현장을 누비는 전형적인 형사의 모습을 갖춘 여성이다. 그나저나 가까이 다가올 때까지 인기척을 못 느끼다니. 내가 둔해진 걸까, 아니면 이 여성의 특별한 능력일까.

"역시 대단하십니다, 설 탐정님. 그림에까지 조예가 깊으시다니, 미처 몰랐습니다."

선생님의 도움으로 사건을 해결한 경찰은 대부분 선생님한테 호의적이지만 특히나 이 사람은, 다시 한번 말하지만 시 추리에 진심이라서 선생님에게 무한 신뢰를 보이는 경찰이다. 시 추리를 할 때마다 헛다리를 짚는 치명적인 약점에도 불구하고 경감으로 승진할 수 있었던 것은 선생님의 도움으로 굵직한 사건 두 건을 해결한 덕분이었다. 그러니 당연히 선생님에게 친절할 수밖에. 이렇게 우리끼리 현장을 마음껏 드나들 수 있는 것도 바로 연 형사의 협조 덕분이었다.

"승진 축하합니다, 연 반장님."

선생님의 인사에 연 형사가 겸연쩍은 미소를 띠며 새로 만든 명함을 건넸다. 형사도 명함을 만드나, 하는 생각이 들었지만 선생님이 곧바로 화제를 돌리는 바람에 우리의 대화는 사건으로 들어갔다.

"3일 전 새벽 4시 30분, 주민으로부터 신고 전화를 받았습니다. 남성 한 명이 길가에 쓰러져 있다는 신고였는데, 조사 결과 6층 높이 건물에서 추락한 것이었습니다. 사망 추정 시각은 전날 밤 11시 30분경입니다. 워낙 인적이 드문 동네라 새벽녘에야 발견된 것 같습니다. 말씀드렸다시피 저는 이 사건을 임다성 화가의 자살로 보고 있습니다. 지금까지 수사 결과 타살로 추정되는 어떠한 증거나 관련된 인물을 찾을 수 없었기 때문입니다. 그리고 결정적인 건."

연 반장의 입가에 자신감 넘치는 미소가 번졌다.

"그의 노트에서 「해바라기의 비명」이라는 시가 발견되었기 때문입니다."

그녀가 무언가를 가져오라는 듯한 손짓을 하자, 옆의 형사가 임다성의 노트를 가져왔다. 화가가 생전에 쓰던 작업 노트였다. 노트를 건네받은 연 반장이 그림을 보여 주었다. 마치 「해바라기의 비명」 내용을 그대로 구현한 듯한 스케치에 정갈한 글씨체로 쓴 시 본문이 함께 담겨 있었다. 혹시 이건…….

"저 그림의 스케치 같지?"

선생님이 나와 눈을 마주친 후 턱으로 방금 함께 보았던 그림 쪽을 가리켰다. 이 작업실에서 가장 큰 캔버스에 그려진 바로 그 그림이었다.

“저 초록빛은 보리밭이었군요.”

“그림으로 시를 구현하는 것이 작가의 의도였다면 그런 것 같네.”

선생님이 연 반장 쪽으로 시선을 돌리며 말했다.

“그러니까, 임 화가가 자살했다는 결정적 증거를 이 시로 보시는군요. 연 반장님의 시 추리를 한번 들어 보고 싶습니다만.”

“저야 영광이죠. 저쪽으로 가실까요?”

연 반장이 임다성의 그림 곁으로 걸어갔다.

“설 탐정님 앞에서 시 추리를 하려니 몹시 긴장되는군요. 혹시나 문제가 있으면 말씀해 주세요. 화자는 ‘나의 무덤’ 앞에 ‘차가운 비ㅅ돌’ 대신 ‘노오란 해바라기’를 심어 달라고 합니다. 무덤을 말하는 것 자체가 유언의 형식을 취한 것이라고 볼 수 있습니다. 처음엔 왜 굳이 ‘해바라기’일까 생각했지만, 작업실을 가득 메운 작품들을 보고 의문이 풀렸죠. 해바라기에 대한 작가의 마음은 집착에 가깝습니다. 그러니 죽어서도 해바라기 옆에 있고 싶다, 뭐 이런 거겠죠.”

연 반장이 선생님의 표정을 살피느라 말을 멈추자, 선생님이 계속하라는 듯 손바닥으로 연 반장을 가리켰다.

"임다성 화가가 창밖으로 몸을 던진 것은 '노고지리'와 연관이 있습니다. 여기 보시죠."

연 반장이 임다성의 노트에서 '푸른 보리밭 사이로 하늘을 쏘는 노고지리가 있거든 아직도 날아오르는 나의 꿈이라고 생각하라'는 시구를 손가락으로 짚어 보여 주었다.

"날아오르고 싶으나 날지 못하는 현실을 비관해서 투신이라는 극단적인 방식을 선택한 것으로 저희는 추측하고 있습니다."

그렇지만 이호택의 말에 따르면 임다성은 첫 개인전을 앞두고 있었다. 작업실을 보니 전시회에 내보일 작품도 다 준비된 것 같았다. 그런 그가 지금 이 시점에 자신의 처지를 비관하여 극단적인 선택을 한다는 게 도무지 받아들여지지 않았다.

이런 반응을 연 반장에게 보이자 그녀가 고개를 끄덕였다.

"네, 그 부분은 우리도 살펴보았는데 작가가 생전에 정신과 치료를 받고 있었다는 진료 기록을 확보했습니다. 아, 이호택 씨에게 개인전 관련해서 임 화가가 어떤 생각을 하고 있었는지 이야기 들으신 것 있나요?"

우리가 고개를 가로젓자 "못 들으셨구나." 하며 말을 이었다.

"전시회의 방향에는 의견이 서로 달랐나 봐요. 이호택 씨는 첫 개인전인 만큼 이름을 알리는 정도를 생각한 반면 임화가는 당장 눈에 보이는 성과를 바랐다더군요. 그림이라곤 한 번도 팔린 적 없는 무명작가인데 너무 조급해한 거죠. 그런 극도의 부담감과 정신적 스트레스가 스스로 극단적인 선택을 하도록 부추긴 것은 아닐까, 저는 생각하고 있습니다."

그럴듯하다. 추가 조사도 무리 없이 진행되었다. 연 반장의 장점인 꼼꼼하고 면밀한 수사 방식도 여전했다. 다만 한 가지 걸리는 점은, 본인의 시 추리를 사건 해결의 결정적 실마리로 삼고 있다는 점이랄까. 연 반장의 시 추리 실력을 고려한다면 확실히 이건 좋은 징조가 아니다.

"혹시 이호택 씨 알리바이 확인하셨습니까?"

연 반장의 보고를 가만히 듣고 있던 선생님이 팔짱을 낀 채 턱을 매만지며 물었다.

그러자 연 반장이 의아한 표정을 지으며 대답했다.

"그 시간에 집에서 잤다고 했습니다. 근데, 이호택 씨는 왜……?"

"아무래도 좀 이상해서 말이죠."

선생님이 임다성의 노트를 살펴보며 말했다.

"화자는 자신의 무덤 앞에 '차가운 비ㅅ돌' 내신 '해바라기'를 심어 달라고 합니다. 이 둘은 대비됩니다. 4행에서 '노오란 해바라기는 늘 태양같이 태양같이 하던 화려한 나의 사랑'으로 표현한 걸 보면, '비ㅅ돌'은 차가운 반면 '해바라기'는 태양같이 뜨겁죠. 즉, 차갑게 식어 버린 삶보다 뜨거운 열정을 지향하는 화자의 신념을 드러냈다고 볼 수 있습니다."

선생님이 '그리고 해바라기의 긴 줄거리 사이로 끝없는 보리밭을 보여 달라'라고 적힌 부분을 손으로 짚어 연 반장에게 보여 주었다.

"시야를 가리는 비석과 달리 해바라기는 그 틈 사이로 보리밭을 볼 수 있습니다. 끝없이 펼쳐진 보리밭 사이로 날아오르는 노고지리를 자신의 꿈으로 여겨 달라고 직접적으로 말합니다. 자신의 꿈을 끝없이 펼쳐 보이겠다는 강력한 의지가 엿보이는군요."

선생님이 '의지'를 말할 때 목소리에 힘을 주고 천천히 발음하자 연 반장이 무언가를 알아챈 듯 짝, 하고 손바닥을 맞부딪혔다.

"무슨 말씀인지 알겠어요. 말씀하신 대로라면 이 시는 유언이 아니라 뭐랄까……."

연 반장이 적확한 단어가 생각나지 않는 듯 인상을 쓰자 내가 대신 말했다.

"메시지요?"

그제야 연 반장이 손가락을 튕기며 자기가 그 말을 하려고 했다며 동조했다.

"연 반장님 말대로 이 시는 임 화가의 작품 세계와 철학을 담은 메시지로 보입니다. 뜨거운 열정으로 끝없이 나아가려는 예술혼. 이런 사람이 전시회로 당장 눈에 보이는 성과를 원했다는 건 믿기 어렵군요. 그래서 물은 겁니다. 이호택 씨의 알리바이를요."

"늦은 시간이니 자고 있었다는 것도 무리는 아니지만, 어쨌든 목격자가 없으니 입증은 불가능하겠네요. 근데 만약 이호택 씨 범행이라면 동기가 뭘까요? 아니지, 그것보다 더 근본적인 질문이 있어요. 왜 자살로 결론 날 게 뻔한 사건을 굳이 탐정님께 의뢰해서 위험을 자초했을까요?"

선생님이 관자놀이를 매만지며 말했다.

"일종의 도박이겠죠. 제가 좀 살펴봤는데 우리 의뢰인께서는 젊은 나이에 성공한 컬렉터로 꽤 유명하더군요. 유능한 화가를 모은 매니지먼트 사업체도 운영했었고요. 그가 주최한 전시회는 늘 화제가 됐다고. 작품도 작품이지만 그것보다는 전시회에 그럴듯한 스토리를 만들어서 이슈를 만드는 능력이 탁월하다고 하더군요."

연 반장이 고개를 끄덕이며 음, 하는 감탄사를 내뱉었다.

"그렇다면 탐정님께서는 이번 사건을 그동안 이호택 씨가 해 왔던 전시회 이슈 만들기 작업의 일환이라고 보시는군요?"

"나름대로 수사해 본 결과, 아! 이래 봬도 제가 예술 쪽에 인맥이 있는 편입니다. 아무튼, 이호택 씨가 최근 들어 성과가 영 미진하다고 하더군요. 그것 때문에 매니지먼트 사업도 타격을 입어 손실이 꽤 컸다고 하고. 그런 문제를 만회하기 위한 특별한 이야기가 필요하지 않았을까 합니다. 지금까지 자신이 만들었던 그 어떤 스토리보다 더 자극적인 무언가가 필요하지 않았을까요?"

선생님은 작업실의 정중앙으로 다가가서는 팔을 벌린 채 우리를 향해 돌아섰다.

"제가 선 자리를 기준으로 좌우에 놓인 작품의 경향이 전혀 다르다는 것은 이미 언급했습니다. 기억하시죠?"

연 반장이 무언가에 홀린 듯 고개를 끄덕였다. 그녀의 초롱초롱한 눈빛에는 선생님을 향한 경외감이 한가득 담겨 있었다.

"양쪽 모두 해바라기를 그리고 있지만 분명한 차이가 있습니다. 저쪽이 자연 속에 어우러진 해바라기라면, 이쪽은 오직 해바라기만 집중 조명되어 있는 정물화입니다. 물론 임 작가가 직접 그린 것은 분명해 보입니다만, 적어도 해바라기만을 조명한 그림은 본인이 원해서 그린 건 아닌 것 같습니다. 이런 해바라기 그림은 상업적인 의도가 다분하죠. 임다성 화가는 해바라기를 통해서 '태양같이 태양같이 하던 화려한' 예술혼을 표현하고 싶었던 것이지 돈이 목적은 아니었습니다. 그러니 이쪽 그림 같은 정물화는 상대적으로 적을 수밖에요."

선생님 설명대로 해바라기를 주연으로 내세운 그림들은 해바라기가 자연과 어우러진 그림들에 비해 그 수가 압도적으로 적었다. 아무래도 자신의 의도가 아닌 타인, 그러니까 정확히는 이호택의 입맛대로 그림을 그려야 했으니, 작업 속도가 더뎠던 것이 아닐까.

후원자 이호택은 자신이 원하는 그림은 안 나오고 전시회를 성공시켜야 한다는 압박은 심해지고 하니까, 결국 화가가 살해당했다는 자극적인 스토리를 만들어 자신의 문제를 해결하려고 했다. 설득력 있는 동기이다.

"자, 연 반장님. 제 역할은 여기까지입니다. 우리의 공조는 반장님께서 이호택 씨를 다시 만나 보시는 걸로 마무리하죠."

선생님의 해석에 따라 연 반장은 이호택 사건을 훌륭하게 해결해 냈다. 사건 당일, 작품 문제로 이호택과 임다성이 언쟁을 벌이다가 몸싸움이 벌어져 임다성이 추락하는 불상사가 벌어졌다. 곧바로 현장을 수습한 이호택은 이 사건을 상업적으로 이용할 계획을 세웠다고 한다.

사건을 다 마무리하고, 오랜만에 사무소로 찾아온 연 반장이 이호택 사건에 대한 후일담을 우리에게 들려주었다.

"이슈가 있으면 전시회가 더 잘될 테니까요. 미스테리한 사건에 휘말려 살해된 화가의 유작 특별 전시회. 뭐 그런 거죠. 근데 최초 수사가 너무 빨리 자살로 결론 나려고 하니까 초조했던 겁니다. 언론에 노출되는 시간이 길어야 이슈가 되는데 그러기에는 수사 시간이 너무 짧았으니까요. 게다가 무명 화가의 자살은 자극적인 뉴스가 되지 않는 것도 문제였겠죠. 그래서 여길 찾아온 거래요. 아무래도 자살보다는 타살이 뉴스거리가 된다나."

"아무리 이슈몰이가 급하다고 해도 어떻게 진범이 탐정에게 사건을 의뢰할 수 있는지 이해되지 않네요."

내 반응에 연 반장은 생각보다 더 심각했던 이호택의 상황에 관해 설명했다.

"이슈를 만들어서 작품 가격을 올리는 행위 자체는 미술

시장에서 어느 정도 통용되는 방식이라고 하더군요. 다만 이호택의 경우는 너무 작위적이거나 질 나쁜 이슈를 많이 만드는 바람에 업계에서도 자제하라는 압박이 들어갔다고 합니다. 이호택의 사업이 기울게 된 것도 그런 평판과 관련이 없지 않다는군요."

즉 이호택이 스토리텔링을 위한 악의적인 작업을 진행한 게 이번이 처음이 아니라는 얘기였다. 게다가 작가들과의 갈등도 잦아서 안팎으로 소송이 쌓이고 쌓여 비용을 감당하기 힘든 처지에 놓였다고 한다. 그러다 보니 결국 이런 극단적인 아이디어를 실행하게 된 것이다.

"아무튼 감사합니다. 제 추리대로 밀고 나갔으면 큰일 날 뻔했어요."

선생님이 마시던 커피를 내려놓으며 연 반장에게 미소 지었다.

"아닙니다. 연 반장님 덕분에 해결된 겁니다."

"예? 무슨 말씀인지……?"

"「해바라기의 비명」이라는 제목만을 고려해 자살이라고 결론을 낸 연 반장님의 추리가 없었다면 이호택이 여기 올 일도 없었겠죠. 그러니 공은 연 반장님에게도 있는 것이지요."

연 반장이 나를 바라보며 "이거 칭찬 아니죠?"라고 물었다.

나도 미소를 지은 채 어깨를 한 번 으쓱해 보였다. 음, 이번 건 정말이지 잘 모르겠다.

"늘 잘하고 싶은데 영 부족하네요. 잘 가르쳐 주세요."

연 반장이 멋쩍어하며 말했다.

"언제든 오십시오. 시 추리라면 언제나 환영입니다."

선생님이 소파에 등을 기대며 두 팔을 벌렸다.

"그나저나 저 그림, 꽤 마음에 드셨나 봐요."

연 반장이 2층 복도에 걸린 임 작가의 유작을 가리켰다. 선생님이 연 반장에게 특별히 부탁해서 따로 구매한 것이었다. 제법 큰 금액을 선생님의 사비로 치렀다고 들었다. 단, 판매금은 전액 임다성 화가의 유족에게 돌아가는 것을 조건으로.

선생님은 대답 대신 흐뭇한 미소를 지으며 팔짱을 낀 채 커피잔을 들었다. 그러고는 한동안 작품을 가만 바라보았다. 마치 푸른 보리밭 위로 펼쳐진 하늘로 자유롭게 날아오르는 노고지리를 묵묵히 지켜보고 있는 저 해바라기처럼.

7화.

찬란한 기쁨의 봄

「모란이 피기까지는」, 김영랑

찬란한 기쁨의 봄

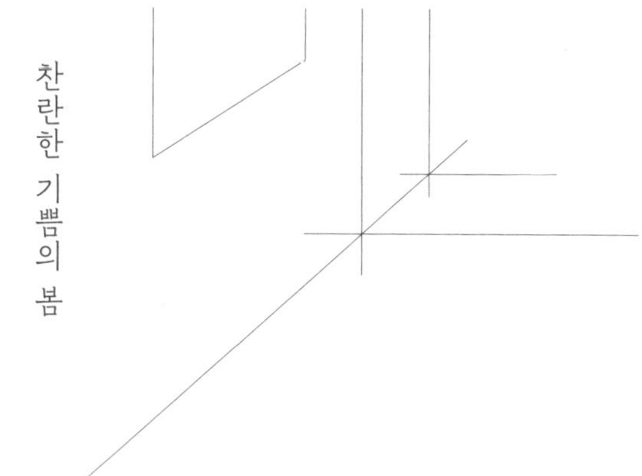

시와 관련된 사건을 다룬다는 것은 실은 한 사람의 일상을 만나는 일이다. 시는 생활 속에서 경험하는 개인의 감정을 표현한 문학이기 때문이다. 남들은 경험하지 못한 특수한 경험만이 시의 소재로 활용되는 것은 아니다. 대부분의 시 속에는 그저 그런 일상을 살아가는 장삼이사가 느낄 법한 감정이 반영되어 있다. 문학에 '작품'이라는 걸출한 명칭을 부여해 문학 작품이라고 부르기도 하지만, 결국 사람 사는 이야기라는 점에서는 보통의 이야기와 별만 다르지 않다.

차이점이라면 운율이 있고 함축적인 언어를 사용한다는 점이다. 이런 표현 방식은 다양한 의미로 해석되어 작품을 더 풍부하게 해 주기도 하지만, 작품의 내용을 직관적으로 받아들이기에는 어려운 일도 생길 수 있다. 당연하게도 이것이 큰 문제가 될 리 없다. 오히려 작품 감상의 묘미로 여겨지는 경우가 많으니까.

문제는 시와 사건이 엮일 때 발생한다. 시를 적확하게 해독하여 오독으로 인해 틀어진 방향을 바로잡고 사건 해결에 실마리를 제공하는 우리의 일이 필요한 이유이다. 사건이라고 해서 무거운 의뢰만 들어오는 것은 아니다. 의뢰 건수로 따지자면 일상과 밀접한 의뢰가 압도적으로 많다. 대개 시 속에 숨겨 둔 메시지를 해독해 달라는 것이다. 메시지를 직접적으로 전달하기 곤란한 사람이 시 속에 그 메시지를 숨겨 전하는 일이 빈번히 일어나기 때문이다. 문제는 시를 해독할 수 있는 역량이라는 것이 사람마다 다르다는 것. 우리는 메시지를 주고받는 사람 사이의 간극을 조절함으로써 시가 소통의 매개체로 제대로 활용될 수 있도록 돕는다. 이번 배정택 씨의 의뢰가 바로 그런 사례이다.

정택이 사무소에 방문한 것은 일주일 전이었다. 깔끔한 정장과 심플한 가방을 멋스럽게 매치한 패션 감각이 돋보이는 남성이었다. 키가 큰 편은 아니었으나 전체적인 신체 밸런스와 비율이 좋아서 실제보다 더 커 보였다. 입꼬리가 살짝 올라가 미소를 머금은 듯한 표정은 넘치는 자신감을 담아내기에

충분했다.

"여기가 시 탐정 사무소 맞습니까?"

적당히 굵직하고 선명한 목소리로 인사한 그가 명함을 건넸다. 우리나라 굴지의 식품기업 개발 연구원. 흥미로운 직업이네.

응접실 소파로 안내한 후 조금 전에 내린 에티오피아 커피를 내어놓았다. 감사하다는 인사를 하고 커피를 마신 정택은 첫 모금에 바로 에티오피아 원두임을 알아챘다. 커피 맛에 관해서라면 전혀 관심 없이 카페인 섭취에만 집중하는 사람이랑 오래 같이 살다 보니 커피 맛을 아는 사람을 만나면 무척 반갑다. 딱히 주문할 것이 없어도 '서문커피'에 들러 마스터와 커피를 주제로 대화 나누길 즐기게 된 것도 이런 이유때문이다. 모든 식품에 관심이 많다는 식품개발 연구원이자 커피광인 의뢰인과의 만남이라 커피 얘기만으로 쉽게 대화의 물꼬를 틀 수 있었다.

"아쉽게도 지금 탐정님께서는 출장 중이라서요. 우선 저에게 의뢰 건에 대해 말씀해 주시면 탐정님께서 검토하신 후 수락 여부를 말씀드릴 겁니다."

"아, 이게 참. 의뢰라고 할 만한 일인지 잘 모르겠어요. 잠시만요."

정택이 가방에서 책 한 권을 꺼냈다. 산뜻한 색감, 거친 붓질로 그려 낸 정감 있는 문양, 간결하고 깔끔한 글씨체로 '永郎詩集'이라고 적힌 제목이 인상적인 표지다.

"『영랑 시집』이라, 김영랑 시집이군요."

"네, 맞습니다. 초판본과 같은 디자인으로 제작된 책이다…… 라고 하더군요. 이 시집을 선물해 준 사람이 그렇게 말했습니다."

"시를 아주 잘 아시는 분인가 보군요?"

"아, 아무래도 네."

그렇게 대답한 정택의 얼굴이 살짝 상기되어 있다. 분명 누군가를 떠올리는 것이었고 그 얼굴은 당연히 그에게 시집을 선물한 사람일 것이다. 얼굴만 떠올려도 볼이 달아오르는 누군가라……. 몹시 부러운(!) 마음을 간신히 억누르며 의뢰 건에 집중했다.

"이 시집과 관련한 의뢰인가요?"

잠시 생각에 빠진 듯 멍하니 시집을 매만지고 있던 그가 내 말에 꿈에서 깬 듯 아, 하는 소리를 내고서는 자세를 고쳐 앉았다.

"이걸 준 사람에 관해 먼저 말씀을 드려야겠죠?"

내가 고개를 저으며 말했다.

"아, 제가 맞혀 보죠. 굳이 초판본과 같은 표지 디자인으로 제작한 시집을 구해 선물한 것만 봐도 시에 대한 이해가 높은 분입니다. 서적을 모으는 취미가 있거나 아니면 서적 관련 일을 하시는 분이겠죠. 그리고."

소파에 등을 기대며 말을 이었다.

"단지 '시집을 건네준 사람'이라는 말만으로도 얼굴이 붉어지더군요. 그렇다는 건 연인일 가능성이 있습니다. 의뢰인께서 이곳을 찾아온 동기는 그 시집 안에 숨겨진 메시지에 대한 호기심이겠죠? 그런 점들로 미루어 보건대 이제 만난 지 얼마 되지 않은 연인 사이가 아닐까, 추측하고 있습니다."

"추측하고 있습니다."라고 말할 때는 약간 선생님 흉내를 낸 것 같다는 걸 인정해야겠다.

"그게……."

그가 두 손을 모은 채 양 엄지를 비볐다.

"실은 아직 사귀는 사이는 아닙니다."

아, 너무 성급했나. 시 속에 메시지를 숨겨 전달할 정도라면 아직 완전히 거리가 좁혀지지 않은 사이일 텐데, 나는 그것을 이제 막 사귄 연인 사이로만 축소해서 생각했다. 이 사실을 선생님이 알았다면 아마도 미간에 주름이 한가득 잡혔겠지. 실망하는 내 표정을 눈치챈 정택이 다른 건 거의 다 완벽하게 맞혔다며 추켜세웠지만, 추측이 틀렸다는 아쉬움은 쉽사리 가라앉지 않았다.

그가 이어 말했다.

"서로 호감이 있는 정도랄까요. 물론 선영 씨 마음까지 알 수야 없지만, 제 직감으로는 적어도 긍정적인 느낌은 있는 정도인 것 같아요."

대형 출판사에서 편집자로 일하는 손선영 씨와는 직장 상사의 소개로 만나 지금껏 좋은 관계로 발전해 가는 중이라고 했다. 하는 일은 서로 다르지만 대화가 잘 통하고 유머 코드도 맞았기 때문에 금세 가까워졌다고.

"둘 다 음식을 좋아해서요. 맛집 찾아 먹으러 다니는 걸 좋아합니다. 그것 외에도 이것저것 공통된 관심사가 많아서 잘 통한다는 느낌이에요. 그런데 문제가 바로 시입니다."

"시요?"

"네, 제가 시에는 영 문외한이거든요. 그런데 선영 씨가 근무하는 출판사가 '기운'입니다. 어디 보자. 저기 있네요. 저 책 중에 선영 씨가 만든 것도 분명히 있을 겁니다."

그가 응접실 책장에 꽂혀 있는 '기운 시인선'을 가리켰다. 멀리서도 눈에 띌 만큼 선명한 원색을 책마다 다채롭게 구성한 감각적인 디자인으로 많은 독자, 특히 젊은 독자들에게 사랑받는 시리즈이다.

"시 전문 출판사의 편집자라니, 전문가이시군요."

"그러니까, 아까 말씀하실 때 정말 놀랐습니다. 탐정님이 아닌데도 이걸 맞히시다니. 그러면 탐정님은 얼마나 대단하신 건가, 하고요."

그의 순수한 반응에 나도 모르게 웃음이 났다.

"시 얘기를 할 때면 선영 씨는 눈빛부터가 달라집니다. 정말 푹 빠져 있다는 게 느껴지죠. 실은 여기도 선영 씨가 워낙 자주 말해서 알게 된 거예요. 정말이지, 제가 여기에 올 일이 있을 줄은 몰랐지만요. 더군다나 선영 씨와 관련된 의뢰라고는 더더욱 생각 못 했고요."

"선영 씨와 관련된 의뢰라, 어떤 거죠?"

"우리나라 사람이라면 웬만하면 아는 시일 겁니다."

그렇게 말하면서 정택이 시집의 페이지를 넘겼다.

모란이 피기까지는

김영랑

모란이 피기까지는
나는 아직 나의 봄을 기다리고 있을 테요
모란이 뚝뚝 떨어져 버린 날
나는 비로소 봄을 여읜 설움에 잠길 테요
오월 어느 날 그 하루 무덥던 날
떨어져 누운 꽃잎마저 시들어 버리고는
천지에 모란은 자취도 없어지고
뻗쳐오르던 내 보람 서운케 무너졌느니
모란이 지고 말면 그뿐 내 한 해는 다 가고 말아
삼백예순 날 하냥 섭섭해 우옵내다
모란이 피기까지는
나는 아직 기다리고 있을 테요 찬란한 슬픔의 봄을

김영랑의 「모란이 피기까지는」이라. 학창 시절 국어 교과서에 실렸으니 정택 말마따나 우리나라 고등학교를 졸업한 사람이라면 적어도 제목 정도는 들어 봤을 작품이다. 도대체 이 시에 담긴 어떤 사연이 이 남자를 여기까지 오게 한 건가.

"제가 아는 거라고는 이제는 가물가물한 학창 시절 국어 시간의 기억뿐입니다. 김영랑이 일제 강점기에 활동했던 시인이니 '나'가 기다리고 있는 '봄'은 '독립'이다, 뭐 이런 거요."

아, 이 말을 선생님이 들었으면 미간이 깊숙이 찌푸려지는 장면을 목격할 수 있었을 텐데. "일제 강점기라고 어찌 사람들이 같은 생각만, 같은 정서만 품고 살았겠는가. 사람의 감정이라는 건 그리 단순한 것이 아니네. 절망 속에서도 사랑이 피어나고 기쁨 속에서도 생채기는 나는 법이지. 시대적 배경만으로 천편일률적으로 시를 해독하는 건 사람의 다양한 감정을 무시하는 행위라네. 나는 이것이 인간에 대한 일종의 모독과 같다고 생각하네."라고 말씀하시겠지, 아마.

"탐정님께서는 그런 접근을 좋아하지 않으십니다. 그러니 저희 사무소가 의뢰인분께 틀림없이 도움이 될 수 있을 것 같아요. 그런데, 이 시가 선영 씨와 어떤 관련이 있는 거죠?"

"각자 하는 일에 관해 대화를 나누었던 날이었습니다. 선영 씨가 말하길, 자기는 책을 만드는 편집자인데 막상 책이 나오면 그다지 기쁘지 않다는 겁니다. 책을 만드는 과정은 즐겁고 완성품에 대한 기대도 분명히 있는데 책이 출간되면 공허함 같은 게 몰려온다나. 아무튼, 그렇다고 해요. 그런데 저도 마찬가지예요. 새 제품을 개발하는 긴 상당히 까다롭고 어려운 일이라서 여러 연구원이 머리를 맞대야만 하거든요. 실패하는 일도 잦고 심지어 출시만 남은 제품이 아예 통째로 엎어지는 일도 있습니다. 그런 어려움을 뚫고 새로운 제품이 나오면 느끼곤 하는 묘한 감정이 있어요. 그걸 뭐라고 말해야 할지 모르겠는데. 아무튼, 우리 둘은 그날 그 감정을 공유했었죠. 거기까지는 좋았는데, 그다음 만남에서 선영 씨가 이 시집을 주는 겁니다. 여기에 우리가 얘기했던 감정이 잘 담겨 있는 것 같으니 한번 읽어 보라는 거였죠. 분명히 저도 좋아할 거라고. 하지만 아까도 말씀드렸듯이 저는 문학에는 문외한이거든요. 특히 시는. 선영 씨와 이 시에 대해 이야기를 더 나누고 싶은데 도무지 읽어 낼 방법이 없습니다. 그래서 이렇게 찾아온 겁니다. 도와주실 수 있을까요?"

그러면서 정택이 겸연쩍은 미소를 지었다.

"음, 의뢰 내용은 호감을 지닌 여성이 건넨 「모란이 피기까지는」에 담긴 메시지를 알고 싶다는 거군요?"

"아, 그렇게 들으니 새삼 별것 아닌 걸로 여기까지 찾아왔나 하는 생각이 드네요."

말린 입꼬리가 돋보이는 미소가 그를 친절하고 따뜻한 사람으로 보이게 한다. 도회적이고 세련된 스타일 때문에 냉소적일 거라고 생각했는데, 다시 보니 순수하고 유쾌한 사람이었네.

"아닙니다. 저희 탐정님께서는 시와 관련된 의뢰에는 경중이 없다고 생각하는 분이라서요. 사소해 보이더라도 당사자에게는 중요하고 소중한 일일 수 있으니까요."

"그렇게 말씀해 주셔서 감사합니다."

정택은 손을 비비며 나를 바라보았다.

"그러면 의뢰 접수는 된 건가요?"

"네, 그런데……."

「모란이 피기까지는」은 이미 '신동명 자살 미수 사건'에서 선생님이 해독한 작품이 아닌가. 거듭되는 허무함으로 의욕을 잃어버린 신동명 씨가 유서로 남겨 두고 자살을 시도한 사건. 지금은 건강을 회복해 본업으로 복귀했다지만, 그때만 해도 타살이냐 자살이냐를 두고 경찰과 꽤 진하게 신경전을 펼쳤었지. 어쨌든 그 사건에서 배운 게 있으니 내 힘으로 이 작품을 해독해 의뢰인을 도울 수 있지 않을까. 나는 내가 선생님의 제자라는 사실과 이 작품을 통해 사건을 해결했던 경험을 정택에게 밝혔다.

"그러니 제가 조금은 도울 수 있을 것 같은데, 어떠세요?"

혼자 힘으로 야구 선수를 꿈꾸던 강현승 군의 의뢰를 성공적으로 해결한 이후, 선생님의 부재중에 간간이 의뢰를 맡기도 하지만 늘 의뢰인의 반응을 걱정하지 않을 수 없다. 셜록 탐정의 해독을 기대하고 온 사람에게 갑자기 제자라는 사람이 불쑥 탐정님 대신 자신이 사건을 맡겠다고 하면 얼마나 난감할까. 그래서 나는 사건의 경중과 경험, 의뢰인의 태도 등을 최대한 신중히 고려하여 조심스럽게 묻는다.

"그래 주시겠어요? 안 그래도 얼떨결에 의뢰는 했지만 다시 방문하지는 못할 것 같다는 생각이 들었거든요. 좀 쑥스러워서. 이렇게 용기를 내었을 때 도와주시면 저는 좋습니다."

아, 다행이다. 흔쾌히 수락하다니, 점점 마음이 가는 사람이군. 자, 그럼 시작해 보자.

"선영 씨가 말씀하신 것처럼 「모란이 피기까지는」은 선영 씨와 정택 씨가 느꼈을 법한 감정이 잘 드러나 있는 작품입니다. 일제 강점기에 활동했던 시인이지만 「모란이 피기까지는」을 쓸 시기의 김영랑 시인은 순수 문학을 지향했습니다. 그러니 작가의 시대적 배경과 연관 지어서는 이 시를 제대로 해독하기는 힘들 겁니다. 우리는 철저하게 시 작품만을 가지고 해독해 보도록 하죠."

내 말에 정택이 고개를 끄덕이고는 자세를 고쳐 앉고 나의 시 추리에 귀를 기울였다.

"'모란이 피기까지는/ 나는 아직 나의 봄을 기다리고 있을 테요'에서 볼 수 있듯이 '봄'은 '모란'이 피는 시기입니다. '기다리고 있을 테요'라는 시어를 통해 봄을 기다리겠다는 강한 의지를 보이고 있습니다. 그런데 이어지는 3행은 이렇습니다. '모란이 뚝뚝 떨어져 버린 날' 모란이 진 장면이 제시되고, 그로 인해 슬픔과 비탄에 빠진 화자의 모습이 '나는 비로소 봄을 여읜 설움에 잠길 테요'로 나타나 있습니다. 여기까지 봤을 때, '봄'은 곧 '모란'이라는 화자의 인식이 드러납니다. 모란이 떨어져 버린 것을 봄을 여의었다고 표현하고 있거든요. 그리고 무더운 오월, 완전히 시든 모란의 모습이 제시됩니다."

"이런 질문을 드려도 될지 모르겠는데."

정택이 고개를 갸우뚱했다.

"오월이라면 아직 봄 아닌가요? 그렇다면 모란이 피는 시기일 테고요. 그런데 왜 모란이 지는 걸로 설정되었는지 모르겠습니다. 오월을 왜 무덥다고 표현한 건지도 모르겠고요."

이전 사건에서 선생님도 오경철 형사에게 같은 질문을 받았었지. 나는 그때의 기억을 떠올려 대답했다.

"그건……, 여기 이 오월은 음력이기 때문이에요."

아, 하는 탄성이 정택의 입에서 조그맣게 나왔다. 그때 오 형사가 내뱉었던 것과 꼭 닮은 탄성이다.

"음력 오월은 대략 유월경이 되겠죠. 여름이라 모란은 집니다. 모란이 져 버리고 난 뒤에 화자의 반응을 한번 보죠. 그는 '내 한 해는 다 가고 말아'라고 말해요. 자신의 일 년이 모두 모란에 달려 있었던 겁니다. 그렇기에 그 모란이 지면 '삼백예순 날' 그러니까 모란이 피지 않는 나머지 날은 슬플 수밖에요."

정택의 표정이 굳었다. 언짢은 게 아니라 무언가에 집중하는 눈빛이었다. 아마도 선영 씨의 말을 되새기며 지금까지 해독한 내용에 대입해 보는 것이리라.

"그런데도 화자는 모란에 대한 집념을 꺾지 않습니다. 그만큼 사랑하는 거겠죠. 그리고 이 시의 하이라이트가 등장합니다. '찬란한 슬픔의 봄'이."

"역설법!"

정택이 외쳤다. 학창 시절 밑줄 긋고 외웠던 기억이 떠오른 것이겠지.

"맞습니다. 문장 안에 발생하는 모순을 활용해 의미를 만들어 내는 역설법을 활용한 부분이죠. 하지만 우리에게는 역설법이라는 용어보다는 이 봄이 왜 찬란한지 그리고 왜 슬픈지를 곱씹어 보는 것이 더 중요해요. 그래야 이 시를 완벽하게 해독할 수 있거든요. 일단 봄이 찬란한 이유는 비교적 파악하기 쉽습니다. 자신이 그토록 아끼는 모란이 피기 때문이죠. 그런데 이 봄이 왜 슬픈가가 문제인데요. 눈치채셨겠지만 결국 모란이 져 버릴 것을 알기 때문이죠. 그러니 화자에게 봄은 모란이 피는 장면을 볼 수 있기에 기쁜 계절이기도 하지만 동시에 모란은 결국 질 수밖에 없는 대상이라는 인식 때문에 슬픈 계절이기도 한 겁니다."

"그토록 기다리던 봄이 왔는데 슬프다……. 선영 씨가 말한 그 감정이 어떤 건지 이제야 감이 오네요."

"……."

정택이 무언가를 깨달았다는 듯 천천히 고개를 두어 번 끄덕이더니 혼자 중얼거렸다.

"새로운 책이 나왔는데도 기쁘지 않다. 왜냐하면 시간이 지나면 결국 그 책은 독자의 기억 속에서 사라져 버리리라는 것을 알기 때문이다. 그렇다면 이건."

그가 무릎을 '탁' 치며 내 쪽으로 시선을 돌렸다.

"자기 직업에 대한 회의감을 말하고 싶었던 게 아닐까요. 그러니까, 정성껏 만든 책이 처음에는 독자들에게 사랑을 받다가 서서히 잊히는 일련의 과정을 여러 번 겪다 보니 작업했던 책이 나와도 별로 기쁘지 않은 거죠. 선영 씨가 말했던 공허함도 이제 이해되네요. 결국 하는 일이 불만족스럽다는 말이었군요. 아, 후련합니다.”

그럴듯한 해독이다. 시의 내용을 개인의 일에 적절하게 적용해 냈다. 하지만 이 정도로는 부족하다. 이제 슬슬 마무리할 때가 왔다.

“의뢰인께서도 이런 비슷한 경험이 있으셨다고요?”

“그렇습니다. 새로운 라면 한 종을 개발하려면 생각보다 많은 사람들의 노력이 필요합니다. 그렇게 고생고생해서 세상에 내놓아도 이게 얼마나 살아남을지 알 수가 없어요. 제가 개발에 참여한 라면 중에도 출시 몇 년 만에 생산을 중단한 제품이 수두룩합니다. 그러니 신제품을 출시하는 것 자체로는 큰 감흥이 없어요.”

“그러면 신제품 개발 일을 그만두고 싶을 때도 있겠네요?”

정택이 고개를 저었다.

“아니요. 그럴 수는 없죠. 고생스러운 일이지만 새 제품 개발하는 거 자체는 재밌거든요. 또 혹시 모르잖습니까? 제가 50년, 100년 동안 소비되는 스테디셀러 제품을 만들지.”

“선영 씨도 같은 마음 아닐까요?”

그가 동그랗게 뜬 눈으로 나를 쳐다봤다.

“새 책이 나오는 게 기쁘지 않아서 자신의 일을 하고 싶지 않다는 그런 말을 하려는 게 아닌 듯해요. 왜냐하면 이 시어

때문이죠."

내가 펜으로 '아직'이라는 시어를 짚었다.

"모란이 지고 나면 일 년이 지나도록 슬플 것을 알면서도 '아직' 기다리겠다고 합니다. '찬란한 슬픔의 봄'을 말이죠. 화자에게 있어서 중요한 것은 '꽃이 피는 순간의 찬란함'이에요. 꽃을 잃은 슬픔이 아니죠. 이것을 토대로 봤을 때 선영 씨는 아마도 이런 생각을 하지 않았을까요? '내가 만든 책이 결국 사라질 운명이라고 해도 계속해서 이 일을 할 거야.' 그리고 그녀는 의뢰인께 묻고 싶었던 것 같아요. 당신이 하고 있는 일, 진심으로 사랑하고 있냐고요. 선영 씨 자신은 사랑하고 있다고 말하고 있거든요, 자기 일을."

"웬 라면을 이렇게나 많이 들였나?"

사무소 출입문 옆에 쌓인 택배 상자를 들여다보며 선생님이 내게 물었다. 내용물에는 '라면'이라고 적혀 있었다. 발신인은 '배정택'. 아, 그 배정택 씨!

"선물인 것 같네요, 지인에게서 온."

택배 상자 안에는 처음 보는 라면이 가득 담겨 있었다. 가만히 지켜보던 선생님이 말했다.

"처음 보는 라면인데?"

"아마 신제품인 것 같네요. 이쪽 업계 사람이거든요."

안으로 들이기 위해 택배 상자를 들면서 내가 물었다.

"드실 거죠? 바로 끓일게요."

"거절할 이유를 딱히 못 찾겠군. 금방 나오겠네."

방으로 들어가는 선생님을 뒤로하고 냄비에 물을 올린다. 그런 다음 벽에 기대어 '기운 시인선'이 열 지어 꽂혀 있는 서재를 가만히 바라본다. 그리고 생각한다. 지금 이 순간에도 자신의 모란이 피기를 기다리고 있을 사람들을. 저 예쁜 시집을 만들기 위해 고군분투하고 있을 손선영 씨 같은, 맛있는 라면을 세상에 내놓기 위해 우여곡절을 겪고 있을 배정택 씨 같은.

그리고 또 생각한다. 이 라면이, 저 시집이, 세상의 곳곳에 뿌리내려 슬픔을 느낄 새도 없이 찬란하게 빛나기를, 찬란한 기쁨의 봄이 되기를.

7화.

도전받은 탐정

「납작납작-박수근 화법을 위하여」, 김혜순

「저녁에」, 김광섭

도전받은 탐정

선생님을 마주한 순간 채민식의 눈빛은 분노와 절망, 자책과 책망이 뒤섞인 감정으로 소용돌이쳤다.

"저 사람이 설록이란 말이오? 오, 이런……."

그렇게 말하고는 자리에 털썩 주저앉아 드러누웠다. 초점을 잃은 그의 눈빛에는 이제 황망함 외에 더 이상 어떤 감정도 들어설 여지가 없어 보였다.

연서연 반장의 갑작스러운 연락을 받고 도착한 범행 현장에서 이런 당혹스러운 일을 맞닥뜨렸지만, 선생님은 그다지 당황하지 않는 것 같았다. 연 반장은 부하 경찰에게 쓰러져 있는 채민식을 병원으로 호송하라고 지시하고는 우리에게 다가왔다.

"설 탐정님을 사칭한 범행이라니, 놀라셨죠?

선생님이 "흡!" 하며 헛기침을 했다.

"박 형사와 통화하면서 대충은 들었습니다만 자세한 이야기는 알지 못합니다. 얘기해 주시겠습니까? 일단은……."

선생님이 주위를 둘러보았다. 주변에는 다양한 크기의 조각 작품이 감각적으로 배치되어 있었고, 벽에는 여러 점의 그림이 걸려 있었다. 그중에는 미술 교본에서나 보던 유명한 작품도 더러 있었다.

"여기가 어디인지부터 들려주시겠습니까?"

연 반장이 고개를 끄덕인 후 천천히 걸었다. 우리는 그녀를 따라 걷기 시작했다.

"이곳은 피해자 채민식 씨 부인이 이사장으로 있는 재단의 미술품 보관실이에요. 재단이 소장한 예술품을 전시하는 전승미술관 아래층입니다. 하지만 실제로는 채민식 씨 개인 소장품을 모아 두는 곳이죠. 위층 미술관 전시실에 전시된 작품과 똑같은 것도 있는데 관리인 말에 따르면 여기 있는 게 진품이랍니다. 전시실에 있는 건 정교하게 제작된 모조품이고요. 이쪽 업계에서는 공공연한 비밀이라고 하더군요. 모조품 없이 이곳에만 보관하고 있는 작품도 있대요. 채민식 씨가 소장 사실을 바깥에 알리고 싶어 하지 않는 작품들이라는데, 이런 일이 발생할 거라고는 예상 못 했겠죠."

걸음을 멈춘 연 반장이 손가락으로 벽을 가리켰다. 대략 가로 30㎝, 높이 20㎝가량 되는 직사각형 모양이 보였다. 조명 때문에 사각형 안쪽 부분에 비해 바깥이 미세하게 변색되어 흔적이 남아 있었다. 최근까지 그만한 크기의 그림이 걸려 있었다는 뜻이다.

"여기로군요."

선생님의 반응에 연 반장이 "네." 하고 대답하면서 팔짱을 꼈다.

"바로 어제까지만 해도 이 자리에 박수근 화백의 「세 여인」이 걸려 있었죠."

사건 발생 한 달 전, 채민식은 출처를 알 수 없는 익명의 편지를 받게 된다. 그 편지에는 한 편의 시와 함께 "2월 21일에 가져가겠습니다."라는 문장이 쓰여 있었다.

드문드문 세상을 끊어 내어
한 며칠 눌렀다가
벽에 걸어 놓고 바라본다.

흰 하늘과 쭈그린 아낙네 둘이
벽 위에 납작하게 뻗어 있다.
가끔 심심하면
여편네와 아이들도
한 며칠 눌렀다가 벽에 붙여 놓고
하나님 보시기 어떻습니까?
조심스럽게 물어본다.

발바닥도 없이 서성서성.
입술도 없이 슬그머니.
표정도 없이 슬그머니.
그렇게 웃고 나서
피도 눈물도 없이 바짝 마르기.
그리곤 드디어 납작해진
천지 만물을 한 줄에 꿰어 놓고
가이없이 한없이 펄렁펄렁.
하나님, 보시니 마땅합니까?

채민식은 '아직도 이런 시답잖은 장난을 치는 놈이 있나?' 하며 대수롭지 않게 넘겼다. 그러나 편지는 그게 끝이 아니었다. 지금으로부터 보름 전에 똑같은 시가 적힌 편지를 또 받았다. 이번에는 "2월 21일 기억하시죠? 보름 남았습니다."라는 메시지와 함께였다.

그저 장난이라고 보기에는 찝찝한 부분이 없진 않았지만, 요즘 같은 세상에 예고 범행이라니. 진지하게 받아들이는 것도 무리였다. 이런 종류의 시비에 일일이 대응하기에는 채민식은 너무 나이가 많았다. 적당히 무시하는 게 상책이리라.

마지막 메시지가 도착한 것은 일주일 전이었다. 이번에는 시가 아니었다. 특별한 메시지도 없었다. 대신 미술관 지하의 설계도와 미술품 보관실의 작품 배치도였다. 보관실은 외부인의 출입을 철저하게 차단하고 있어서 설계도는 물론 작품 배치에 관한 정보에 아무나 접근할 수 없었다. 그제야 채민식은 이 사안을 진지하게 받아들이기 시작했다.

경찰에 알리려고 했으나 개인 보관실이 외부에 알려질 것이 염려되었다. 소장 여부를 알리지 않으려고 비밀리에 작품을 사들인 노력을 헛수고로 만들고 싶지 않았다. 그의 생각에 경찰이란 본래 부주의한 존재들이었다. 수사 과정에서 어떤 일이 더 알려질지 모른다. 딱히 불법을 저지르고 살진 않았지만 털어서 먼지 안 나는 사람이 어디 있다던가.

채민식은 경찰 대신 사설탐정을 수소문했고 직원으로부터 탐정 한 명을 추천받았다. 시 탐정으로 명성이 있는 자라고 했다. 바로 설록이었다.

채민식은 설록을 불러 자초지종을 이야기했다. 범인으로부터 받은 시를 한참 바라보던 설록이 이렇게 말했다.

"박수근 화백의 그림을 노리고 있군요."

"무슨 근거로 그렇게 말하는 거요?"

설록은 슬쩍 미소를 지으며 말했다.

"간단합니다. 비록 여기에 제목을 쓰진 않았지만 이 작품의 제목이 「납작납작-박수근 화법을 위하여」이죠. 김혜순 시인의 작품인데, 이 정도면 시에도 꽤 일가견이 있는 자라고 할 수 있겠군요."

채민식이 "오호!" 하는 소리를 내뱉고는 신뢰의 눈빛으로 설록을 바라보았다.

"꽤 대담한 놈이군요. 범행을 예고한 것도 모자라서 범행 방법까지 알려 주다니."

"범행 방법이요? 아니, 그걸 알 수 있다는 말입니까?"

놀란 채민식의 반응과는 달리 설록은 별거 아니라는 듯 어깨를 한 번 올렸다 내린 후 말했다.

"여기 근처에 교회가 있습니까?"

채민식이 고개를 끄덕이고는 "있소." 하고 대답했다.

"여기서 50m 근방에 교회가 몇 개나 있을까요?"

"글쎄요. 별 관심이 없어서."

설록이 쓴웃음을 지으며 말했다.

"이제부터 관심을 가지셔야 할 겁니다. 범행은 교회를 통해 이루어질 테니까요."

그 말에 채민식의 눈이 커졌다. 설록은 시가 적힌 편지를 채민식 쪽으로 들이댔다.

"여기 '하나님 보시기 어떻습니까?'라는 표현 보이시지요? 부당한 현실에 대한 항변이자 현실 비판적 시구이지만, 이 부분 때문에 일부 기독교 세력에게는 박수근 화백의 작품은 교회의 권위에 대항하는 위험한 예술로 받아들여지고 있습니다. 교회에는 이런 예술의 도전을 좌시하지 않는 극단파가 존재합니다. 이 작품 꽤 고가에 매입하셨겠지요?"

설록이 벽에 걸린 「세 여인」을 가리켰다.

"뭐, 꽤 들었지요."

"이런 자그마한 그림이 고가에 거래된다는 건 박 화백의 작품이 그만큼 희귀하기 때문일 겁니다. 그럼 누가 그의 작품을 희귀하게 만들었을까요."

채민식이 당혹스러운 표정으로 "설마." 하고 중얼거렸다. 설록은 옅은 미소를 지은 채 뒷짐을 지고 미술품 보관실을 걸으며 말했다.

"범행이 예고된 2월 21일. 남은 일주일간 저는 저의 동료들과 함께 이 근방의 교회를 샅샅이 뒤져 실마리를 찾아낼 것입니다. 조금이라도 의심 가는 교회를 중심으로 철저하게 감시하도록 하죠. 물론 이곳의 보안도 신경을 써야 합니다. 2월 20일부터 보관실 보안은 제가 직접 관리하도록 하겠습니다."

"그런데 당일에 그림은 도둑맞았고, 범행을 막겠다고 큰소리쳤던 설록은 온데간데없더라, 그 말씀이세요?"

내가 묻자 연 반장이 "빙고!" 하면서 손가락을 튕긴 후 나를 가리켰다.

"근데 선생님을 보자마자 까무러친 걸 보면……."

"다른 사람이었던 거죠. 본인이 아는 설록이랑 진짜 설 탐정님은. 제가 아무리 말해도 안 믿더니 탐정님을 보자마자 저렇게……, 농락당한 게 확실해지니 꽤 충격을 받았나 봐요. 아무튼 여러모로 탐정님이랑 관련이 있어 보여서 여기까지 모셨어요. 이것도 한번 보실래요?"

연 반장이 휴대전화를 꺼내 조작한 후 화면을 보여 주었다. 종이 같은 무언가를 찍은 사진이었는데 내 쪽에서는 잘 보이지 않았다.

"자요, 받으시고 확대해서 보세요. 원본은 감정 의뢰를 맡긴 상태라 사진으로 보셔야 해요."

휴대전화를 받은 선생님이 화면을 바라보았다. 찡그려진 미간, 동시에 살짝 올라가는 왼쪽 입꼬리. 마음에 썩 들지는 않지만 그 가운데서 흥미로운 부분을 찾은 모양이다.

내용을 다 읽은 선생님이 내게로 휴대전화를 건넸다.

드릴 말씀이 있어 부득이 몇 자 남깁니다.

오늘 일은 박 화백의 출생일을 기념하는 작은 이벤트라 생각해 주십시오.

가져간 그림은 가치 있는 일에 쓰고 돌려놓겠습니다.

늙은이의 보물 창고에서 낡아 가는 것보다는 나을 겁니다.

그리고 설록 탐정님.

본의 아니게 귀한 존함을 빌리게 되어 송구합니다.

제 능력이 미미하여 이 방법 외에는 마땅한 방법이 생각나질 않았습니다. 용서해 주시길.

조만간 뵙겠습니다.

그럼 이만 총총.

류반 드림.

언뜻 예의를 지킨 것 같지만 내용은 꽤 도발적이다. 조만간 뵙겠다는 건, 다시 범행을 저지르겠다는 뜻이겠지?

"가치 있는 일에 쓰겠다는데 그게 어디를 말하는 걸까요?"

연 반장이 선생님에게 물었다.

선생님은 "글쎄요." 하며 손을 뺨에 갖다 댄 채 한참을 고민하고 나서 입을 뗐다.

"제 생각에는, 박수근 화백의 그림 속 메시지를 전하려는 의도를 말하는 것 같습니다."

"메시지요?"

연 반장이 되묻자 선생님이 고개를 끄덕였다.

"우리나라를 대표하는 박 화백의 작품이 도난당한 사건이니 세간의 관심을 자극할 만하지요. 늦어도 내일이면 이 사건의 이모저모가 알려지게 될 겁니다. 도난당한 작품은 무엇인지, 무엇을 그린 것인지, 나아가 박수근이라는 작가의 작품 세

계까지도 다시 주목받게 되겠죠. 범행에 쓰인 시도 역시 세상에 알려지겠지요. 사람들은 이 시를 통해 작품 속 메시지를 읽어 내려 할 겁니다."

"시를 통해 메시지를 읽어 낸다라. 그렇다면 탐정님께서는 이미 알아내셨겠군요."

"뭐, 그게 제 일이니까요. 완승 군, 김혜순 시인의 「납작납작-박수근 화법을 위하여」를 찾아 연 반장님께 보여 드리게나."

내가 휴대전화를 꺼내려 주머니에 손을 넣자, 연 반장이 손사래를 치며 본인 전화기를 들어 보였다.

"범죄자가 남긴 편지를 찍어 둔 게 있거든요. 바로 시작하실 거죠?"

어느새 연 반장은 휴대전화를 장착된 펜까지 꺼내 필기할 자세를 취했다. 역시 시 추리에 진심이라니까.

"준비되신 것 같으니 바로 시작하겠습니다. 1연에서 '세상을 끊어 내어/ 한 며칠 눌렀다가/ 벽에 걸어 놓고 바라본다'라는 부분이 보이시죠? 이건 박 화백의 그림을 의미합니다. 그 그림에서 '흰 하늘'과 '아낙네 둘', '여편네와 아이들'이 '납작하게 뻗어 있'죠. 2연에서 보이듯 그들은 '발바닥'도 '입술'도 '표정'도 없습니다. 그저 '바짝' 말라 있죠. 그런 모습을 그려

놓고는 묻습니다. '하나님, 보시니 마땅합니까?'"

그러고는 나를 바라보았다. 이크, 질문이다.

"완승 군, 이 질문은 어떤 의도인 것 같나?"

"이런 현실이 괜찮은지를 묻는 건데……."

다행히 쉬운 질문이네.

"사회를 비판하려는 의도가 있다고 볼 수 있지 않을까요? 가진 것 없는 서민들이 납작하게 눌려 있는, 이런 사회가 괜찮냐고 물어보는 거니까요."

열심히 적으며 듣고 있던 연 반장이 "아!" 하며 탄성을 지르고 우리를 바라봤다.

"채민식 씨의 이야기 속 설록, 그러니까 류반이죠. 아무튼 그놈도 비슷한 이야기를 했었죠. 부당한 현실에 대한 항변이자 현실 비판적 시구라고. 그리고 이렇게 묻는 건 사회의 부정적인 측면을 하나님의 탓으로 돌리는 것이다,로 해석하는 교회의 일부 극단주의자들의 공격 대상이 될 수 있다고 했었고요."

"맞습니다."

"네? 어떤 부분이 맞다는 말씀이세요?"

연 반장이 의아한 표정으로 물었다.

"박 화백의 작품이 그들의 공격 대상이 된 건, 맞습니다."

"그렇다면 작품을 훔친 게 교회 극단파라는 말씀이세요?"

"맞습니다. 그들이 류반과 공모한 거라고 봐야겠지요. 채민식 씨의 직원 중에 류반과 협조한 사람이 있을 겁니다."

"그렇지만 이 방에 출입할 수 있는 직원은 단 몇 명뿐이라고 들었어요. 그들 모두 채민식 씨와 20년 이상 일한 직원이라고 했고요."

선생님이 연 반장을 바라보며 싱긋 웃었다.

"연 반장님, 인간과 다른 동물의 차이점이 뭔지 아십니까?"

"……."

"인간만이 종교를 가질 수 있죠. 종교가 인간에게 미치는 힘은 그 무엇보다 강합니다. 그게 긍정적인 결과를 낳을 수도, 부정적인 결과를 가져올 수도 있지요."

"그럼 류반이 종교를 이용해 이 보관실 직원과 내통했다는 말씀인가요?"

"네, 저는 그렇게 생각하고 있습니다. 직원 중에 극단주의자가 있을 겁니다. 공모자 없이 이 범죄는 성립하기 힘들거든요. 한번 알아보시죠."

그 말을 듣자 연 반장이 부하 경찰을 불러 업무 지시를 내렸다. 보관실의 출입이 허가된 직원에 대해 수사를 착수하겠다는 것이었다. 부하들과 함께 현장을 떠나려던 그녀는 불현

듯 무언가가 생각난 듯 걸음을 멈추더니 다시 우리 쪽으로 다가왔다.

"범인이 자기 이름을 밝힌 건 뭐 때문이라고 생각하세요? 자신감 넘친다고 해야 하나 건방진 것 같기도 하고. 일종의 관종인 걸까요?"

선생님이 웃으며 말했다.

"작품 속 메시지를 전하려고 작품을 훔치는 정도의 인물이라면 당연히 다른 의도도 있을 겁니다. 자신의 존재를 세상에 알리려는 의도랄까요. 이르면 오늘, 적어도 내일쯤이면 대한민국에는 류반이라는 이름을 모르는 사람은 존재하지 않을 겁니다. 어쩌면 메시지를 전하는 것보다는 드러나게 하는 것이 이 일을 벌인 궁극적인 목적일지도 모르겠네요. 어쨌든."

선생님이 손을 비비며 말했다.

"좀 더 지켜보도록 하지요."

살짝 미소 짓는 선생님의 입꼬리에는 약간의 흥분이 감돌고 있었다.

박수근의 그림 「세 여인」 도난 사건이 발생한 지 한 달이 지난 지금까지도 세간은 류반이라는 인물에 관한 이야기로 떠들썩했다. 범행 후 남겨 놓은 편지도 유출되었는데, 그걸 보고 어떤 사람들은 예술의 가치를 지키는 의적이라는 둥 예술을 위해 위험을 감수하는 모험가라는 둥 찬사를 보냈고, 더불어 류반은커녕 공범조차 잡지 못한 무능한 경찰에 대한 비판이 쏟아졌다. 언론에서는 하루가 멀다고 류반의 정체에 대한 추측성 기사를 써 댔고, 자기가 류반이라고 주장하는 사람들의 인터뷰가 실렸다. 물론 모두 사칭인 걸로 밝혀졌지만.

선생님과의 만남 및 대결을 기대하는 부류도 있었다. 선생님을 사칭하여 범행을 저지른 류반의 행동이 마치 선생님에 대한 도전인 양 받아들이는 이들이었다. 그러나 정작 선생님 본인은 류반을 대결 상대로 인식하기보다는 그저 호기심의 대상 정도로 여기는 듯했다.

경찰 수사 결과, 선생님의 추리대로 채민식 씨의 미술품 보관실 직원 중 한 명이 공범인 걸로 확인되었다. 몇 달 전부터 사이비 종교에 빠져들었는데, 종교 단체장으로부터 '예술이라는 미명 아래 우상을 숭배하고 신을 모독하는 세력을 소탕하는 데 협조하라'는 명을 받았다고 했다. 연 반장의 수사 결과, 도난 사건 이후 이 사이비 종교는 흔적도 없이 사라졌는데 여기에도 류반이 연루되었을 가능성이 있는 것으로 본다고 했다. 「세 여인」을 훔치기 위해 몇 달 전부터 치밀하게 준비했던 것이었다. 웬만한 지적 능력이나 주도면밀함이 아니면 엄두도 내지 못할 범죄구나, 하는 생각이 들었다.

잠시 외출한 사이 사무소 앞에 배송된 원두가 놓여 있었다. 사무소 문을 열고 원두 상자를 들어 올리는 순간, 무언가가 툭 하고 떨어졌다. 편지봉투였다. 일단 원두를 주방까지 옮기고 나서 편지를 자세히 살폈다. 봉투 중간에는 우아한 글씨체로 '친애하는 설록 탐정님께'라고 적혀 있었다. 고급 실크 봉투에 찍힌 실링 도장이 고풍스러운 분위기를 자아냈다. '친애하는'이라, 정말 오랜만에 들어 보는 말이네.

그때 선생님이 헐레벌떡 사무소로 들어왔다. 평소에는 서두르는 법이 없는 선생님이 저렇게 조급한 이유는 딱 하나뿐이지. 나는 테이블 위에 편지봉투를 두고 커피 추출기 쪽으로 걸어갔다.

"커피 부탁하네."

새로 들인 원두로 급하게 내린 커피를 응접실 소파에 앉아 손을 비비고 있는 선생님에게 건넸다. 선생님은 커피를 세 모금 연거푸 마시고는 눈을 감고 한참을 움직이지 않았다. 체내에 흐르는 카페인을 확인이라도 하듯이. 이윽고 눈을 뜬 선생님이 테이블 위에 놓인 봉투를 집어 들었다. 평소처럼 느긋해진 걸 보니 카페인은 적당했나 보다. 이리저리 살펴보더니 봉투를 열었다.

"이거 오늘 온 건가?"

"네, 방금 받았습니다. 문 앞에 있더라고요."

편지봉투 속에는 봉투만큼이나 고급스러워 보이는 재질의 편지지 한 장이 들어 있었다. 편지를 읽어 보는 선생님의 표정이 복잡했다. 옅은 미소를 띤 것 같기도 했고, 놀라는 것 같기도 했다. 그러고는 읽어 보라며 나에게 편지를 건넸다. 거기에는 고풍스러운 손 글씨로 시 한 편이 적혀 있었다. 그러나 그보다 먼저 눈에 들어온 것은 '류반' 두 글자였다.

저녁에

김광섭

저렇게 많은 중에서
별 하나가 나를 내려다본다
이렇게 많은 사람 중에서
그 별 하나를 쳐다본다

밤이 깊을수록

별은 밝음 속으로 사라지고,

나는 어둠 속에 사라진다

이렇게 정다운

너 하나 나 하나는

어디서 무엇이 되어

다시 만나랴

내일 만나게 되리라 믿습니다.

이만 총총.

류반 드림.

"선생님, 이건……?"

선생님에겐 내 말을 들을 여유가 없어 보였다. 손바닥을 내밀어 말을 제지하고는 휴대전화를 조작하여 귀에 갖다 댔다.

"연 반장님, 설록입니다."

그러고는 스피커폰을 켜 테이블 위에 올려 두었다.

"김환기 화백의 「어디서 무엇이 되어 다시 만나랴」의 소장자를 찾아야 합니다. 내일 일몰 전까지요."

"네? 뜬금없이 그림이요? 게다가 일몰 전까지라니요."

연 반장은 갑작스러운 선생님의 요구에 놀란 반응이었다.

"류반에게서 메시지가 왔습니다."

"……!"

잠깐의 침묵 속에서 연 반장의 당혹스러움이 느껴졌다.

"메시지에 관해서 말씀해 주실 수 있으세요? 아시다시피 보고를 해야 움직일 수 있는 처지라서요."

선생님은 오늘 받은 편지에 김광섭의 「저녁에」라는 시와 함께 내일 만나게 되리라는 메시지가 함께 적혀 있었다는 사실을 말하면서, 시를 찾아보면서 논의해 보자고 했다.

잠시 후 준비되었다는 연 반장의 말이 들렸다.

"1연의 시적 화자 '나'를 류반으로 봅시다. '저렇게 많은 중에서/ 별 하나'는 저로 보고요. 그러면 '별 하나가 나를 내려다본다'는 제가 류반을 보는 걸로, '그 별 하나를 쳐다본다'는 류반이 저를 바라본다는 걸로 읽힙니다. 지난번 박 화백 사건에서 류반이 남긴 메시지, 기억하시지요?"

"네, 조만간 뵙겠다고."

"기억하고 계시는군요. 바로 그겁니다. 류반이 저를 지목했고 그것 때문에 저는 지금 류반을 쫓고 있습니다. 1연은 그

관계를 말하고 있는 겁니다."

"오, 그게 그렇게 읽히는군요. 이해했어요, 어, 잠깐만요, 탐정님. 제가 지금 2연을 보고 있는데요. 탐정님 말씀대로 '별'을 탐정님으로, '나'를 류반 본인으로 본다면 '밤이 깊을수록/ 별은 밝음 속으로 사라지고,/ 나는 어둠 속에 사라진다'라는 건 둘은 못 만난다는 거 아닌가요? 마지막에 '어디서 무엇이 되어/ 다시 만나랴'라고 묻는 건 일종의 의구심이고요. 우리는 다시 만나지 못한다는 단언이라고 해야 하나?"

"그건 아닙니다. 시의 제목을 한번 보세요."

"시의 제목이요? ……아!"

그렇다. 어둠이 완전히 내려앉기 전, 별과 '나'가 모두 보이는 시간, 저녁! 그래서 선생님이 일몰까지라고 말한 거였군.

"범행이 언제 벌어질지 알 수 없지만 류반은 적어도 일몰 시각 전까지는 현장에서 저를 기다릴 겁니다. 저를 만나든 아니든 그 이후에는 현장을 뜰 테니 내일 일몰 전까지 범행 현장에 도착해야 합니다. 범행 장소는 그림의 소유자와 류반만이 알겠죠. 그러니 소장자를 찾아야 합니다. 제가 말씀드린 걸 잘 정리해서 보고하시면 수사 허가를 받는 건 어렵지 않을 겁니다. 최대한 빨리 움직여 주십시오. 저희 쪽에서도 최대한 알아보겠습니다."

"알겠습니다. 찾으면 곧바로 연락드릴게요."

연 반장이 전화를 끊자 선생님이 자리에서 일어났다.

"잠깐 나갔다 오겠네. 예술계 쪽을 수소문해야겠어. 자네는 현종 탐정에게 연락 좀 해 주게. 내일 오전까지 김환기 화백의 「어디서 무엇이 되어 다시 만나랴」의 소장자를 찾아보라고 하면 되네. 보수는 넉넉하게 준다고 하고."

선생님은 문을 나서면서 이어 말했다.

"커피가 많이 필요할 것 같네. 부탁하네."

"아, 오셨군요. 김형진입니다."

그림 소장자인 김형진은 태연한 표정으로 우리를 맞았다. 밤새도록 진행한 연 반장과의 공조로 오늘 오전에야 김환기 화백의 그림 소유자를 찾을 수 있었다. 하지만 소장자가 있는 곳은 사무소에서 4시간가량 떨어진 곳이어서 이제서야 겨우 도착한 것이었다. 연 반장은 30분 정도 더 걸릴 것 같다고 해서 우리부터 먼저 이곳으로 들어왔다.

이곳은 선박 수리업으로 자수성가한 사업가 김형진이 은퇴를 기념하여 고향에 마련한 별장이라고 했다. 현장에서 오래 근무하면서 예술과는 담을 쌓고 살았지만, 저택의 규모에 어울리는 그림 한 점 정도는 소장하면 좋겠다고 생각하던 차에 한 컬렉터의 제안을 받아 김형진이 김환기 화백의 대표작을 구입한 것이다. 당초에 생각해 두었던 예산을 초과한 액수였지만 대한민국을 대표하는 화가의 작품이라 투자 가치가 높다는 말에 결국 들이기로 결정했다고 한다.

악수를 마친 선생님은 명함을 건넨 후 그림을 볼 수 있도록 안내해 달라고 부탁했다. 김형진은 우리를 그림 쪽으로 안내했다. 이 남자는 인자한 인상의 평범한 60대로 보였으며, 나이에 비해 깨끗한 피부와 건강한 몸매를 유지하고 있었다. 손님맞이가 일상인 듯 갑작스러운 방문에도 머리 손질이 깔끔했고 옷차림도 준수했다.

그림은 계단에서 곧바로 보이는 3층 복도 끝에 걸려 있었다. 옆으로는 습도와 환기 조절을 위해 통창이 나 있었으며, 빛으로부터 보호하기 위해 창에는 자동 커튼 장치가 설치되어 있었다.

"보시다시피 아주 잘 있습니다. 사정은 좀 전에 전화로 들었습니다만 혹시 뭔가 오해가 있었던 건 아닐까요?"

김형진은 손바닥으로 그림을 가리키며 말했다. 좀 전이라고 하면 한 시간이 채 되지 않았을 것이다. 무슨 이유였는지는 모르지만, 선생님은 그림의 소유자를 찾았다는 연 반장에게 절대 소유자에게 미리 연락하지 말고 도착하기 한 시간 전에 전화해서 사정을 이야기하라고 부탁했었다.

어찌 되었든 김형진의 말대로 그림은 제자리에 잘 있었다. 선생님의 기민한 대처로 류반이 손을 쓰기 전에 우리가 당도한 것이리라. 이걸로 끝난 건가?

"네, 잘 있어야 합니다."

선생님이 김형진을 바라보며 말했다. 잘 있어야 한다고? 무슨 말이지?

"네?"

김형진도 당혹스러운 표정을 지었다.

"아직까지는요. 아직은 훔치기 전이니까요. 그렇지 않나, 류반?"

류반이라고? 선생님은 이 자리에 없는 류반을 찾고 있다.

김형진은 주위를 둘러보며 말했다.

"지금 누구한테 하시는 말씀이죠?"

선생님이 매서운 눈초리로 그를 바라보았다.

"물론 당신이지. 이제 어설픈 연기는 그만두게."

선생님이 김형진의 손을 가리키며 말했다.

"평생 선박 수리업을 했다는 사람의 손톱 밑이 그리 깨끗할 리 있나. 그 정도 수준의 변장이라니, 이거 너무 성의 없는 거 아닌가."

김형진이 자기의 손을 살펴보더니 피식, 웃고는 선생님을 바라보았다.

"딱 맞춰 오셨군요. 아슬아슬했습니다."

그는 바깥 풍경이 보이는 통창을 가리키며 말했다. 사위가 어둑해져 가고 있었다.

"악수할 때 보신 건가요? 관찰력이 좋으시군요."

김형진, 아니 류반이 어깨를 으쓱하더니 말을 이었다.

"이렇게 일찍 오실 줄은 몰랐네요. 물론 오실 거라는 건 확신하고 있었지만."

"범행 예고라니, 꽤 대담한 시도를 하는군."

"위험이 따르기는 하지만 대상이 예술품인 만큼 그만한 대우를 해 주어야 하니까요. 이러면 사람들이 더 관심을 가지게 될 테고 이 그림의 가치는 더 올라가겠지요."

"예술품보다 자네의 가치가 더 올라가겠지. 그걸 노린 거 아닌가?"

선생님이 미간을 찌푸리며 물었다. 오른쪽 입꼬리가 살짝 올라간 표정에는 힐난과 비웃음의 의도가 다분했다.

그러자 류반이 능청스러운 표정을 지은 채 손사래를 쳤다.

"이거 왜 이러십니까. 저는 그저 예술이 그 가치를 제대로 인정받기를 바라는 사람 중 하나일 뿐이랍니다."

"그게 뭐든 대중의 관심을 끈 건 성공한 것 같군. 하지만 장난은 여기서 끝이네. 저 그림은 여기에 둬. 그리고 진짜 김형진 씨는 어딨지?"

류반이 웃으며 말했다.

"애초에 이 그림은 탐정님을 뵙기 위해 필요한 미끼였습니다. 혹시나 안 오시면 이거라도 가져가려 했는데, 이렇게 제시간에 와 주셨으니 이제 됐습니다. 김형진 씨는 편안하게 모셨습니다. 제가 가고 나면 살펴봐 주세요."

류반이 "자!"라고 말하며 맞부딪힌 손을 비볐다.

"'밤이 깊을수록/ 별은 밝음 속으로 사라지고,/ 나는 어둠 속에 사라진다.' 초대하지 않은 손님이 곧 도착할 것 같으니 아쉽지만 저는 여기서 사라지겠습니다. 정말이지 반가웠습니다, 설 탐정님. 이렇게 이야기를 나눌 수 있어서 영광이었어요. 그럼, '어디서 무엇이 되어/ 다시' 만나길." 하고는 우리가 미처 조치를 하기도 전에 미리 열어 둔 통창으로 몸을 던졌다. 내가 재빨리 창으로 달려가 아래쪽을 확인했지만 놀랍게도 류반의 흔적은 찾을 수 없었다. 곧바로 아래층으로 내려가 행방을 쫓았지만 족적조차 남아 있지 않았다.

잠시 후 연 반장 일행이 도착해 수색에 동참했음에도 결과는 달라지지 않았다. 단지 저택 지하 와인 저장고에서 잠들어 있는 김형진을 발견했을 뿐이었다. 그는 오늘 오전에 저장고에 내려온 이후의 기억이 없다고 했다. 그렇게 우리는 코앞에서 류반을 놓쳐 버리고 말았다.

김형진의 진술 결과, 그에게 접근하여 김환기 화백의 그림을 사도록 유도한 컬렉터가 류반이었던 것으로 밝혀졌다. 당대 최고의 시 탐정에게 도전을 걸어 오는 대담한 배짱이라니! 범행 준비 과정에서 보였던 치밀성과 과감한 실행력이 뒷받침되기에 시도할 수 있는 게 아닐까.

"네? 네, 알겠습니다."

전화 통화를 마친 선생님이 내게 말했다.

"「세 여인」이 돌아왔다는군."

"네?"

「세 여인」이라면 류반이 훔쳐 간 박수근 화백의 그림이다.

"그럼, 약속대로 돌려준 게 되는 건가요?"

"글쎄……, 그렇다고 봐야겠지?"

"류반이라는 사람, 도대체 정체가 뭘까요?"

"복잡한 인물이라서 가늠이 쉽지 않군. 하지만 확실한 건."

선생님이 관자놀이를 매만지며 말을 이었다.

"우리의 만남이 여기서 끝날 것 같지는 않다는 거지."

그렇게 말하는 선생님의 얼굴에 왼쪽 입꼬리가 올라가는 예의 미소가 떠올랐다. 이것은 매우 강한 흥미와 호기심이 동했다는 뜻이었고, 동시에 류반만큼이나 선생님도 류반과의 만남을 여기에서 끝내고 싶은 생각이 없다는 것을 의미했다. 그러니 둘은 다시 만나게 되지 않을까. 어디서 무엇이 되어 다시 만날지는 모를지언정.

에필로그 · 회상

「쉽게 씌어진 시」, 윤동주 / 「낙화」, 이형기

에필로그 · 회상

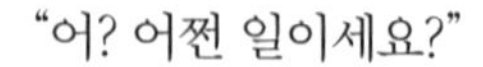

"어? 어쩐 일이세요?"

갑작스럽게 방문한 서문커피 마스터가 턱짓으로 손에 든 상자를 가리켰다.

"안녕, 완승 씨. 일단 이것부터 좀 들어 봐."

급하게 상자를 받아 들었다.

"하, 명선 씨한테 일이 좀 생겨서 사나흘 정도 자리를 비울 것 같아. 일단 가까운 곳은 내가 직접 배송하고 있어. 여기가 오늘 마지막 배송지야."

나는 자타 공인 서문커피 최다 방문 단골손님인지라 서문커피 소속 배송 기사인 명선 씨와도 친분이 있다. 서문커피가 질 좋은 원두를 저렴하게 판매한다는 입소문이 나서 주문이 몰리는 중인 데다가 가까이에 전국적으로 유명한 카페 거리가 만들어지면서 손님이 많아졌기 때문에라도 명선 씨는 서문커피에 꼭 필요한 직원이다.

"무슨 큰일은 아니고요?"

"아니, 그런 건 아니고 최근에 이사한다고 신경을 좀 썼나 봐. 영 기운 없어 하길래 좀 쉬다 오라고 휴가 줬지. 나 쿨한 사장이거든."

마스터가 두 손을 허리에 올리며 거들먹거렸다. 과장된 몸짓이 몹시 우스꽝스러웠다. 하여간 이 사람이랑 있으면 웃을 일이 많다.

"그런데 뭘 그렇게 보세요?"

실은 문을 열었을 때부터 사무소 안쪽을 힐끔거리는 이유가 궁금했던 터였다.

"응? 아닌데?"

모르려야 모를 수가 없을 정도로 노골적이었으면서 시치미를 뗀다. 사무소 실내가 궁금한 건가?

"안 바쁘시면 잠깐 들어오실래요?"

마스터가 손사래를 치더니 바빠서 가 봐야겠다며 돌아섰다.

"아쉽네요. 선생님 안 계셔서 적적하던 참이었는데."

그 말에 마스터가 다시 내 쪽으로 몸을 돌렸다.

"뭐, 설 탐정 없어?"

"네, 출장 가셨어요. 최근에 난해한 사건 하나를 맡으셔서요. 며칠 걸릴 거 같아요."

마스터가 낯가리는 성향은 아닌데 유독 선생님과 마주치는 건 피하는 느낌이다. 선생님이 그렇게 부담스럽나? 하긴, 이해는 된다. 싹싹하길 하나, 붙임성이 있길 하나, 표정도 무뚝뚝하고 매사 냉소적인 태도 하며……. 뒷담화는 여기까지.

"앗, 갑자기 목이 마르네. 그럼 완승 씨, 물 한 잔만 마시고 갈게."

"네, 여기서 잠시만 기다리세요. 물 가져올게요."

"아니, 아니."

다시 사무소로 들어가려는데 마스터가 내 팔을 잽싸게 잡았다.

"겸사겸사 커피 한 잔 마실까? 시 탐정 사무소 바리스타가 그렇게 커피를 잘 내린다며?"

능청스럽게 말하더니 사무소 안으로 스윽 들어왔다. 뭐야, 바쁘다더니.

안으로 들어온 마스터가 뒷짐을 진 채 사무소 여기저기를 둘러보았다. 고개를 주억거리기도 하고 작은 소리로 "오~!"라며 탄성을 지르기도 하면서. 혼자 중얼거리는 말이 들리기도 했다.

"……도 안 변……, ……긴."

"네?"

"아, 소리가 너무 컸나?"

마스터가 꿈에서 깬 듯한 목소리로 말했다.

"아뇨, 여기가 워낙 조용해서."

"하나도 안 변했다고, 여긴."

이번엔 또렷하게 들리도록 큰 소리로 다시 말했다. 사무소 안에 들어온 건 처음 아닌가?

"여기 처음 오신 거 아니에요?"

마스터가 고개를 저으며 말했다.

"아닌데? 완승 씨가 여기 오기 전에 왔었지."

그러고는 주방을 가리켰다. 원두를 볶기도 하고 커피를 추출하기도 하는 내게는 일종의 작업실 같은 공간이다.

"저기서 커피를 내렸어."

엥? 그럼……?

"제가 오기 전에 여기 계셨던 분이 마스터였어요? 왜 지금껏 말씀 안 하셨어요."

"완승 씨가 안 물어봤잖아."

세상에, 전혀 몰랐네. 어쩐지 커피도 못 내리는 선생님이 커피숍 못지않은 주방을 갖춘 사무소를 설계했다는 것 자체가 이상하다 싶었는데. 어떻게 한 번도 물어볼 생각을 못 했을까? 그나저나 정말 안 물어봐서 말 안 한 것뿐이라는 저 천진난만한 표정의 마스터는 또 뭐냐고. 휴, 일단 자리에 앉히고 나서 천천히 이야기를 들어 보자.

"음, 역시 소문대로군. 커피 맛도 모르는 사람이 바리스타 하나는 참 잘 뽑는단 말이야."

내가 내온 커피를 한 모금 마신 후 마스터가 말했다.

"자, 그러니까, 제가 오기 전에 여기서 선생님과 같이 일을 하셨단 말씀이죠?"

"응."

"근데 왜 선생님이랑 데면데면하세요?"

내 물음에 마스터가 또다시 손사래를 쳤다.

"무슨 데면데면. 그런 거 아니야."

들어오래도 그렇게 사양하더니, 선생님 안 계신다니까 불쑥 들어와 놓고서는 뭐가 아니라는 거야. 생각해 보면 이렇게나 가까이에 있는데 마스터와 선생님이 마주치는 장면을 목격했던 건, 생각나지 않는다. 마스터가 일부러 둘이 만나는 상황을 피하는 거라면……, 혹은 선생님이? 아니면 둘 다일 수도. 아무튼 분명 둘 사이에 무언가가 있다.

"저, 들을 준비 됐습니다."

"뭘?"

"제가 여기 들어오기 전에 두 분 사이에 어떤 일이 있었는지요."

"별일 없었는데."

"그러지 마시고요."

마스터가 깍지 낀 두 손 위로 턱을 괴었다.

"재미없는 얘긴데, 괜찮겠어?"

나는 얼마든지 들을 준비가 되어 있다는 의미를 담아 크게 고개를 끄덕였다.

마스터는 상념에 잠긴 듯한 표정으로 서문커피 간판이 보이는 창밖을 바라보았다.

"젊을 때였지. 다 안다고 생각하지만 실제론 아무것도 모르는 풋내기 시절."

그러고는 커피 한 모금을 조용히 마신 후 말을 이었다.

"완승 씨처럼 대단한 계기가 있었던 건 아니고, 설 탐정이 낸 바리스타 공고를 보고 지원한 거야."

마스터의 아련한 눈빛은 과거의 한 시점으로 향하고 있었다.

"흥미로운 지원서였습니다."

손에 들고 있던 지원서를 테이블에 놓으면서 설록이 말했다. 학력도, 경력도 전혀 적혀 있지 않은 이력서에는 「쉽게 씌어진 시」 한 편만이 반듯한 손 글씨로 쓰여 있었다.

쉽게 씌어진 시

윤동주

창밖에 밤비가 속살거려
육첩방(六疊房)은 남의 나라,

시인이란 슬픈 천명(天命)인 줄 알면서도
한 줄 시를 적어 볼까,

땀내와 사랑내 포근히 품긴
보내 주신 학비 봉투를 받아

대학 노-트를 끼고
늙은 교수의 강의 들으러 간다.

생각해 보면 어린 때 동무를
하나, 둘, 죄다 잃어버리고

나는 무얼 바라
나는 다만, 홀로 침전(沈澱)하는 것일까?

인생은 살기 어렵다는데
시가 이렇게 쉽게 씌어지는 것은
부끄러운 일이다.

육첩방은 남의 나라,
창밖에 밤비가 속살거리는데,

등불을 밝혀 어둠을 조금 내몰고,
시대처럼 올 아침을 기다리는 최후의 나,

나는 나에게 작은 손을 내밀어
눈물과 위안으로 잡는 최초의 악수.

"잠깐만요, 지원서에 달랑 시 한 편만 적어서 냈다는 거예요?"

내 물음에 마스터가 관자놀이를 긁었다.

"설록 당신이 시 탐정이라면 이런 지원서도 한번 읽어 봐라, 뭐 이런 마음 아니었을까? 패기 넘치지 않아?"

"패기랑 무모함은 깻잎 한 장 차이죠."

"뭐야, 그 모호한 반응은? 완승 씨도 설 탐정을 닮아 가는 거야?"

마스터가 눈을 흘겼다.

"뭐, 막상 말하고 보니 너무 성의 없는 지원서였나 싶긴 하네. 그래도 나름대로 한 획 한 획 정성스레 쓴 거라고."

"……."

"아, 아무튼. 그래서, 계속해?"

나는 다시 천천히 고개를 주억였다.

설록이 몸을 앞으로 세웠다.

"'창밖에 밤비가 속살거려/ 육첩방은 남의 나라' 일본 유학 경험이 있으시군요. 육첩방은 다다미 여섯 장이 들어가는 정도의 방이죠. 그리 크다고 할 수는 없지만 혼자 지내기에는 괜찮았을 수도 있고. 뭐, 생각하기에 따라 다르겠지요. 어찌 되었든, 지원자께서는 본인의 가정환경을 잘 보여 주고 있군요. '땀내와 사랑내 포근히 품긴/ 보내 주신 학비 봉투를 받아'를 통해서 말이지요. '인자하신 아버지와 자상하신 어머니의 사랑을 받으며…….' 같은 식상한 표현보다 훨씬 낫다고 생각합니다."

지연이 피식 웃었다.

"'생각해 보면 어린 때 동무를/ 하나, 둘, 죄다 잃어버리고'. 지인들과 연락이 끊긴 채 일본에서 생활했던 것을 '홀로 침전'한 거였다고 인식하고 있군요. 일본에서 바리스타 교육을 받으셨는데, 그 과정이 순탄치는 않았나 봅니다. 아닌가요?"

"생각보다 기간이 길어졌으니 순탄치 않았다는 게 맞겠죠. 기왕 간 거 제대로 배우고 싶다는 욕심이 생겨서요. 유학 생활 자체가 힘들었던 건 아니고, 고민이 좀 생겼달까."

"그 고민이란 아마도."

설록이 고개를 들어 지연을 바라보았다.

"미래에 대한 불안이 아닐까 합니다."

지연이 말없이 설록을 바라보았다.

"그걸 어떻게 알 수 있냐는 눈빛이군요. 간단한 일입니다. 바로 이 시어 덕분이죠."

설록의 검지가 '어둠'을 가리키고 있었다.

"'등불을 밝혀 어둠을 조금 내'몬다는 건 어둠을 극복하겠다는 의지를 보인 것이라고 해독할 수 있습니다. 그렇다는 건 현재 지원자분은 본인이 마주한 현실을 어둠처럼 부정적으로 인식하고 있다는 것을 의미하죠. 이전에도 그것을 극복하려고 노력했나 보군요. 이 시어를 보면 말이죠."

이번에는 2연의 '한 줄 시를 적어 볼까'를 짚었다.

"어둠을 극복할 방편으로 지원자분이 선택한 수단은 시였을 겁니다. 하지만 효용이 그리 크지 않다고 생각하셨군요. '시인이란 슬픈 천명인 줄 알면서도'라는 표현을 통해서 시 쓰기가 본인의 어둠을 극복하는 데 그닥 도움이 되지 않는다는 사실을 인지했음을 말하고 있습니다. 그래서 다른 길을 찾기로 마음먹은 거지요."

설록이 두 팔을 들어 올리며 말했다.

"그래서 여기 오신 거 아닙니까? 이 일이 '등불을 밝혀 어둠을 조금 내'모는 일이 될 수 있을 거라는 기대를 품고."

"세상에!"

지연은 "세상에!"라는 감탄사를 몇 번 더 빠르게 반복해서 내뱉은 후에야 다음 말을 이었다.

"제 마음속에 들어갔다 오셨어요? 바리스타 교육을 받은 건 또 어떻게 아셨고요? 전 말한 적 없는 것 같은데."

설록의 왼쪽 입꼬리가 살짝 올라갔다.

"지원자분, 지금 우리 사무소 바리스타로 지원하신 걸 잊으신 건 아니겠지요?"

"아……, 하하."

지연이 쑥스러워하며 웃었다. 설록이 지원서를 들고 소파에 등을 기대며 지원서와 지연의 얼굴을 번갈아 바라보더니 혼잣말처럼 중얼거렸다.

"좀 덤벙대는 스타일 같지만 꾸밈이 있어 보이진 않고."

그렇지만 그 혼잣말이 지연이 듣지 못할 만큼 작지는 않았다.

"지금 그거 칭찬인 거죠?"

그런데 지연의 말에 별다른 대꾸 없이 다시 혼잣말을 중얼거리며 턱을 문질렀다.

"눈치는 없으나 귀는 밝은 편, 일본에서 오랜 기간 바리스타 교육을 받았으니 커피 내리는 일이야 어렵지 않을 테고, 시를 입사 지원서로 활용할 정도면 시에 대한 이해도가 높을 것 같단 말이지."

그러고는 지연 쪽으로 손을 내밀어 악수를 청했다.

"좋습니다. 우리 사무소에서 일하시죠."

지연은 안도의 미소를 지은 채 굵은 마디가 도드라진 설록의 큰 손을 잡았다.

"그렇게 일하게 된 거라고요?"

마스터가 고개를 끄덕였다.

"커피 맛도 안 보고요? 명색이 바리스타 채용인데?"

그녀가 두 손을 올리고 어깨를 으쓱이며 말했다.

"설 탐정 그 사람 커피 맛 모르잖아, 그때는 몰랐지만. 완승 씨 여기 들어올 때 커피 내리는 테스트 봤어?"

음, 생각해 보니…… 그런 적 없네. 역시 시 탐정 사무소 바리스타에게 커피 맛이란 일종의 사족 같은 건가?

"그럼 여기서 언제까지 일하셨던 거예요?"

마스터가 기억을 더듬으며 관자놀이를 매만졌다.

"정확히는 모르겠는데, 완승 씨가 여기에 오기 한두 해 전인가? 아무튼 그쯤."

"그사이에는 바리스타가 없었던 거네요?"

"글쎄, 내가 알기론 그래. 근데 생각해 보면 설 탐정한테 바리스타 따위 굳이 필요 없는 건 아닐까?"

지금까지 생각해 본 적 없는 질문이다. 그러고 보니 마스터 말마따나 커피 맛도 모르는 양반이 굳이 바리스타를 고용할 필요가 있을까.

"완승 씨가 마음에 든 거야."

마스터가 턱으로 주방을 가리키며 말했다.

"내가 나갈 때 설 탐정 취향대로 카페인 제대로 진하게 뽑아낼 수 있는 커피 추출기를 사 놨거든. 뭐, 마지막 선물이랄까. 그러니까 더더욱 필요 없지 않겠어, 바리스타는? 그런데도 굳이 완승 씨한테 일자리를 제안한 건 커피 때문이 아닐 거야. 그러니까 실은 설 탐정, 완승 씨랑 같이 일하고 싶었던 게 아닌가 하는 합리적 의심을 하는 거지."

내가 군대를 전역하고 얼마 되지 않은 시점, 우연히 들른 이 사무소에 내 주변 사건을 의뢰한 것이 선생님과의 첫 만남이었다. 물론 내가 의뢰한 사건 역시도 선생님은 여느 때와 같이 어렵지 않게 해결했고, 이후 다시 만난 자리에서 내가 바리스타로 일한 지 얼마 안 되었다는 사실을 알아낸 선생님이 먼저 이곳의 바리스타 자리를 제안한 것이다.

"이걸 여쭤봐도 될는지 잘 모르겠는데."

"고민이면 묻지 않는 게 더 좋을지도 몰라."

마스터의 말투에는 장난기 어려 있었다. 물어볼 용기가 생겼다.

"왜 그만두신 거예요?"

"어허, 묻지 않는 게 더 좋대도."

그렇게 말하면서도 마스터는 다음 말을 어떻게 꺼낼지 고민하고 있었다. 묻지 않아서 말하지 않았다고 한 게 진심이었던 걸까.

"날 속였어."

"네?"

선생님이 누굴 속이거나 하는 사람이 아닌데. 지나치게 솔직한 게 탈이라면 탈일까.

"뭘 속였어요?"

"나이."

나는 "나이라고요?" 하며 되물었다. 의외의 대답이라 좀 놀랐다. 세상에, 나이를 속이다니.

"설 탐정 그 사람 나이, 나하고 별 차이 안 나는 거 알아? 어휴, 난 그만두기 직전까지 나보다 한참 위인 줄 알았지 뭐야. 그때랑 지금이랑 얼굴이 똑같아요. 그러니 속을 수밖에. 겉늙었다고 해야 하나 미리 나이가 들었다고 해야 하나. 아무튼 그때 '탐정님, 탐정님.' 하면서 꼬박꼬박 존대했던 거 생각하면, 와, 지금 생각해도 억울하네."

"선생님이 나이를 속였다고요?"

"엄밀히 말하면 속인 건 아니고."

마스터가 실없는 웃음을 지으며 말을 이었다.

"내가 안 물어봐서 말을 안 한 거래. 완승 씨, 그게 말이 돼?"

본인도 내게 그랬다는 걸 벌써 잊었나 보다. 둘이 다른 듯 비슷하단 말이지. 마스터 본인은 인정하지 않겠지만.

"농담하지 마시고요. 아무리 그래도 여길 그만둘 정도로 억울해할 일은 아니잖아요."

마스터가 이번엔 피식, 하고 실소를 터뜨렸다.

"맞아, 농담이야. 실은…… 아, 뭐라고 해야 하지?"

그러고는 잠시 생각하더니 짝, 하고 손을 맞부딪히고는 말했다.

"완승 씨, 혹시 「낙화」 알아?"

"조지훈? 이형기?"

"'가야 할 때가 언제인가를/ 분명히 알고 가는 이의/ 뒷모습은 얼마나 아름다운가' 그거."

"이형기네요."

"응, 맞아. 완승 씨, 그 작품 외울 수 있어?"

"작품 암송 같은 건 선생님 같은 천재들이나 가능한 거지만……, 「낙화」 정도는 외우고 있지요."

내가 팔짱을 끼며 우쭐한 자세를 취했다. 물론 장난으로.

"역시 설록 탐정의 수제자인 건가?"

"하하, 그런 건 아니고. 서당 개 삼 년이면 풍월을 읊는다잖아요. 게다가 워낙 유명한 작품이기도 하고."

"그럼 한 번 낭송해 줘. 저번에 들었을 때 너무 좋더라."

낙화

이형기

가야 할 때가 언제인가를
분명히 알고 가는 이의
뒷모습은 얼마나 아름다운가.

봄 한철
격정을 인내한
나의 사랑은 지고 있다.

분분한 낙화……
결별이 이룩하는 축복에 싸여
지금은 가야 할 때,

무성한 녹음과 그리고
머지않아 열매 맺는
가을을 향하여

나의 청춘은 꽃답게 죽는다.

헤어지자
섬세한 손길을 흔들며
하롱하롱 꽃잎이 지는 어느 날

나의 사랑, 나의 결별,
샘터에 물 고이듯 성숙하는
내 영혼의 슬픈 눈.

"역시, 좋네. 설 탐정이 반할 만해."

황홀한 표정을 짓고 있는 마스터를 보니 쑥스럽기도 했지만, 한편으로는 마스터도 정말 시를 사랑하는 사람이구나 싶었다. 그렇다면 여긴 최적의 직장이 아닌가. 대체 왜 여길 떠난 거지? 이 시점에서 「낙화」를 암송해 달라고 했다는 건 마스터가 여길 떠난 이유가 이 시와 관련 있다는 거겠지.

"하지 말아야 할 걸 해 버렸지 뭐야. 실은 나도 모르는 사이에 그렇게 되어 버린 거지만."

하지 말아야 할 것이라……. 어디 보자.

음, 역시…… 그런 거였나.

"그러다 보니 '가야 할 때'라고 판단을 하신 거고요?"

"역시, 시만 알려 줘도 대충 알아듣는구나. 그 스승의 그 제자라니까."

마스터가 두 손을 맞잡고 포개어 턱을 기대고는 창밖으로 시선을 돌렸다. 그녀의 시선을 따라 나도 고개를 돌렸다.

한껏 흐드러지게 피었던 이팝나무 꽃이 하나둘 떨어진다. 우리는 커피 한 모금으로 목을 축이며 여름이 왔음을 알리는 자연의 부지런한 움직임을 가만 지켜본다. 새하얀 꽃들이 아름다웠던 순간들을 뒤로하고 조용히 그리고 겸허하게 땅으로 돌아간다. 언젠가 내게도 분명히 찾아올 순간일 것이다. 그때가 오면 나는, 저들처럼 '가야 할 때가 언제인가를 분명히 알' 수 있을까. 그때 나는 '결별'을 '축복'으로 기꺼이 받아들일 수 있을까.

"여기 있었던 거, 후회하세요?"

"아니, 전혀."

내 질문에 마스터는 고개를 절레절레 흔들었다.

"청춘이었잖아. 내 생애 가장 아름다웠던 날들."

"……."

"그리고 그 시절이 있었기 때문에 저게 있을 수 있는 거야."

마스터가 턱을 괸 채 고갯짓으로 서문커피를 가리켰다.

"내 '성숙'의 결실이자 '열매'!"

그렇게 말하는 마스터의 얼굴에 미소가 떠올랐다. 상대를 기분 좋게 만드는 미소다.

"정말 그러네요."

나라는 나무에 맺힐 열매가 뭔지, 아직 알 수 없다. 낙화해야 할 때가 아직 오지 않았다는 뜻이리라. 당연하지, 나는 '격정' 가득한 청춘의 봄을 지나는 중이니까. 그러므로 당분간은 이곳, 시 탐정 사무소에서 선생님과 함께하는 삶은 계속될 것이다. 그러는 동안 내게 열릴 열매의 윤곽이 드러나게 될 테지.

그것이 되도록 서서히 드러나길 바라는 마음으로 나는 커피잔에 남은 쓴 커피 한 모금을 달게 마셨다.

이 책에 실린 시의 출처

「북어」, 최승호, 『대설주의보』, 민음사, 1983
「성탄제」, 김종길, 『성탄제』, 삼애사, 1969
「성탄제」, 오장환, 『나 사는 곳』, 헌문사, 1947
「꽃을 위한 서시」, 김춘수, 『꽃을 위한 서시』, 미래사, 1991
「길」, 윤동주, 『하늘과 바람과 별과 시』, 정음사, 1948
「해바라기의 비명」, 함형수, 『시인 부락』, 시인부락사, 1936
「모란이 피기까지는」, 김영랑, 『영랑 시집』, 시문학사, 1935
「납작납작-박수근 화법을 위하여」, 김혜순, 『또 다른 별에서』, 문학과지성사, 1981
「저녁에」, 김광섭, 『겨울날』, 창작과비평사, 1975
「쉽게 씌어진 시」, 윤동주, 『하늘과 바람과 별과 시』, 정음사, 1948
「낙화」, 이형기, 『적막강산』, 모음출판사, 1963

시 탐정 사무소 ② 울음은 금이 될 것이다

1판 1쇄 인쇄 2024년 11월 10일
1판 1쇄 발행 2024년 11월 25일

글 이락
편집 전연휘, 황명숙 **디자인** 퍼플페이퍼 **마케팅** 양경희, 노헤이
펴낸이 전연휘 **펴낸곳** 안녕로빈 **출판등록** 2018년 3월 20일(제 2018-000022호)

주소 서울시 광진구 아차산로 69길 29
전화 02-458-7307 **팩스** 02-6442-7347 **전자우편** robinbooks@naver.com
홈페이지 hellorobin.co.kr **인스타그램** @hellorobin_books

ISBN 979-11-91942-43-9 44810
ISBN 979-11-91942-26-2 (세트)